DÖRLEMANN

Sandra Hughes

Zimmer 307

Roman

DÖRLEMANN

Verlag und Autorin danken dem Fachausschuss Literatur BS/BL
und dem Migros-Kulturprozent für die freundliche Unterstützung.

Umschlagfoto: Hotel Bregaglia 2000/2009,
Red Wall, © Leta Peer
Umschlaggestaltung: Mike Bierwolf
Foto der Autorin Seite 187: © Marc Wetli
Papier (Inhalt): Munken Premium Cream
(Papier aus nachhaltiger Produktion)
Gesetzt aus der Bembo
Satz: Dörlemann Satz, Lemförde
Druck und Bindung: GGP Media GmbH, Pößneck
ISBN 978-3-908777-76-2
www.doerlemann.com

Tu's nicht«, sagte Aurora.

Ich starrte in den Spiegel. Ich sah nicht mehr klar, etwas Weißes war da, schwarze Flecken. Das Badewasser rauschte, die Klinge lag bereit, eine von Domenico, die ich zum Rasieren der Beine benutzte. Ich prüfte ihre Schärfe. Sie schnitt ausreichend, es lag an mir, sie schnell und heftig zu führen, längs ins Handgelenk zu stoßen. Mich schauderte. Ich wankte zurück ins Zimmer, holte die Flasche.

»Tu's nicht«, sagte Aurora.

»Prost«, sagte ich und trank noch einen Schluck.

»Du wirfst dein Leben weg.«

»Leben. Das ist keins mehr.«

Im Bett weinen nachts, tagsüber am Hotelempfang stehen und nette Worte suchen, die mir nicht mehr über die Lippen kamen. Ein paar Schritte gehen, Paare sehen, Mütter mit Kindern. Zurückkehren ins Zimmer mit den zitternden Wänden, mich ins kalte Bett legen und weinen.

»Aber«, sagte Aurora, »doch nicht wegen Domenico!«

Liegen und Domenicos Lächeln sehen, seine

Stimme hören, wie er begeistert erzählt, sein Lachen, wenn er mich überrascht, Süßes suckeln, das er mir in den Mund steckt, seine Hand spüren auf meinem Knie, während wir lesen, seine scharfen Soßen probieren, die Haare auf meinem Bauch, die goldene Kette, seine weiche Haut.

»Herrgott«, sagte Aurora, »es gibt noch andere Männer auf dieser Welt.«

Wieder mit Marc reden, Beats Arm auf den Schultern tragen, Ulrichs schlechten Atem riechen, Roberts große Zunge spüren, Philipp ertragen, mit Andreas Rad fahren, Mario zuhören.

»Dann lass die Männer sein«, rief Aurora, »es gibt genug zu tun im Leben!«

Liegen und weinen nachts, tagsüber am Hotelempfang stehen. Paare sehen, Mütter mit Kindern. Kolleginnen kennenlernen, Tennis spielen, wandern, in Städte reisen. Männer und Frauen sehen, die Arm in Arm gehen, reden, lachen. Zurückkehren ins kalte Bett, liegen und weinen.

»Verdammt«, sagte Aurora, »dir ist nicht zu helfen.«

»So ist es.«

Ich trank noch ein wenig weiter. Dann taumelte ich zur Badewanne, drehte den Hahn zu, legte mich ins warme Wasser und fasste nach Domenicos Rasierklinge. Aus der Ferne hörte ich Aurora, aber sie hatte mir nichts mehr zu sagen. Aurora war tot und im Himmel, und dahin folgte ich ihr jetzt.

Nicht immer war mein Leben die Hölle. Mit Aurora war es gut. Sie küsste mich morgens wach und wischte mir den Schlaf aus den Augen, sie kochte mir heiße Schokolade und frische Krabben. Sie half mir in die Jacke, wenn ich zu spät war, saß auf der Treppe, wenn ich nach Hause kam. Aurora trug weite Kleider mit Blumenmuster, die nach gebratenen Zwiebeln rochen, wenn ich sie umarmte. Ihre Haare waren silberblond, zu Zöpfen geflochten. Ab und zu bürstete ich sie und steckte sie zu Türmen hoch. Aurora stand dann kichernd vor dem Spiegel und malte sich die Lippen rot. Wir drehten das Radio auf und bewegten uns mit wiegenden Hüften im Takt. Wenn es an der Tür klingelte, lud Aurora den verblüfften Briefträger zum Tanz. Mit Aurora lernte ich paddeln und Fische töten. Aurora redete mit mir. Sie fragte nach, sprach mir gut zu. Sie gab auf jede Frage eine Antwort. Sie berichtete von ihren Brüdern, die im Krieg gestorben waren, wusste Geschichten über hartherzige Zwerge und liebe Riesen. Besonders gerne erzählte sie von meiner Geburt und Taufe.

»Das liebste und schönste Kind«, sagte sie und kniff mich, »jetzt tanzen wir.«

Und ich tanzte mit Aurora, bis es wieder klingelte und sie meiner Mutter die Tür öffnete, die von der Arbeit nach Hause kam.

Als ich die Augen aufschlug, beugte sich ein Herr in Grau über mich. »Willkommen im Fegefeuer.«

»Ein guter Witz«, sagte ich.

»Machen Sie keinen Fehler«, sagte der Herr, »ab jetzt kann jedes Wort gegen Sie verwendet werden.«

Ich kniff mich, um aus dem Traum zu erwachen, und stieß gegen mein Handgelenk, das in einen dicken Verband gehüllt war. Im Spital war ich gelandet, der Herr in Grau war ein Pfleger mit Humor, ungewohnt gekleidet.

Ich sank in die Kissen zurück, die etwas hart waren, auch war das Bett sehr schmal, eine Pritsche eher.

Eine zweite stand im Raum, ich sah jetzt eine dritte und vierte, auf ihnen Gestalten, graue Decken. Schwaches Neon leuchtete von oben.

»Abteilung Supervision F«, sagte der Herr, »geschaffen für Selbstmörderinnen, unter anderen. Geschenktes Leben zu vergeuden, solche Gesinnung muss überprüft werden.«

Ich schloss die Augen und ahnte, dass bei meinem Vorhaben, in eine bessere Welt zu gelangen, etwas schiefgegangen war.

Meine Mutter war siebzehn, als sie schwanger wurde. Nach beschwerdefreien neun Monaten presste sie mich in die grelle Welt, und draußen wurde ich von ihrem Bruder Hannes freudig empfangen. Er wickelte mich in ein rosa Tuch und trug mich umher.

Später saßen sie alle am Bett im Krankenhaus: Großmutter Aurora, Großvater Gustav, die beiden Brüder meiner Mutter, Onkel Hannes und Onkel Jan. Aurora sagte:

»Das Kind soll Felicitas heißen.«

Sie setzte sich gegen ihren Mann durch, der mir einen typisch norddeutschen Namen wünschte. Fünf Monate später tauften sie mich in der Kirche von Ditzum, und Onkel Hannes weinte, weil er erst fünfzehn war und noch nicht Pate werden durfte. Die alten Frauen im Gottesdienst tuschelten.

»Habt ihr die Mutter gesehen? Sie ist noch ein Kind. Gott bewahre uns.«

Sie schlugen das Kreuz und beteten für ihre Enkelinnen, während meine Mutter mir das kalte Wasser von der Schläfe tupfte. Sie sah sehr schön aus im

Volantkleid mit Spitzenkragen, und ich trug ein feines Käppchen mit Perlen und eine lange Schleppe aus weißem Tüll. Aurora hatte gestrickt und genäht. Für sich selbst hatte sie ein Kleid aus Garn gehäkelt, zusammengesetzt aus vielen bunten Vierecken. Ihren Mann Gustav hatte sie in einen Anzug gesteckt, die beiden Söhne in weiße Hemden.

»Wer wohl der Vater ist?«, murmelten die alten Frauen.

Es gab einen jungen Mann im Leben meiner Mutter, und später gab es einen zweiten dazu. Als der eine vom andern erfuhr, stritten sie sich. Als sie vom Kind hörten, versöhnten sie sich und gingen zusammen davon. Das erzählte sie mir später, als ich sie fragte, wieso ich niemanden »Papa« nannte.

»Du hast Gustav, Hannes und Jan«, sagte sie und küsste mich.

Wir spielten Fußball und Verstecken, sie trugen mich auf ihren Schultern, lehrten mich Feuer entfachen und Messer werfen. Aurora las mir Märchen vor und wilde Geschichten, sie backte mit mir Plätzchen und Kuchen, formte Ton zu Figuren, suchte Muscheln und bunte Blätter. Abends kamen meine Mutter und Onkel Hannes aus dem Reisebüro nach Hause, Onkel Jan aus dem Bootsverleih und Gustav vom Taxifahren. Wir aßen Kabeljau und Kartoffeln und lachten über die Scherze von Hannes, der mich auf dem Schoß hielt. Mein Leben war wunderbar. Bis meine Mutter diesen Mann kennenlernte.

Der Herr in Grau brachte mir am Mittag verkochte Nudeln und schlaffen Salat, morgens schwachen Kaffee, Brot mit Butter, abends lauen Tee, Früchte, Flocken. Ich zwang mich, etwas zu essen. Mein Plan stand fest. Ich wollte zu Kräften kommen, mich unauffällig umsehen, bei nächster Gelegenheit abhauen. Neben mir lagen Frauen mit bleichen Gesichtern, ab und zu stöhnte eine oder redete im Schlaf. Herren in Grau gingen ein und aus, unterhielten sich leise und versorgten Wunden. Noch immer wandte ich den Blick ab, wenn einer sich an meinem Handgelenk zu schaffen machte. Ich bemühte mich um unverfängliche Antworten auf unangenehme Fragen und vermied es, mit einer der Frauen auf dem Korridor ins Gespräch zu kommen. Ich schlich die Türen entlang, erklomm Treppen, wenn mich niemand sah, prüfte Möglichkeiten. Meine Hoffnung sank. Die Abteilung Supervision F verlor sich in endlosen Korridoren. Ich stand vor verschlossenen Türen, bis ein Herr in Grau mich packte und zurückschleifte. Wieder kniff ich mich, um aus dem Albtraum zu erwachen, konnte aber nur den

Achselschweiß meines Wärters riechen. Offensichtlich gab es ein Leben nach dem Leben. So hatte ich es mir allerdings nicht vorgestellt.

Der neue Mann meiner Mutter war groß und roch nach Pfefferminze und Rauch, wenn er mich an sich presste, um mir guten Tag zu sagen. Ich hielt den Atem an.

»Sag Ron guten Tag«, sagte meine Mutter.

Sie war vierundzwanzig, blond, blauäugig, schlank. Ich war sechs, blond, blauäugig und mollig.

»Das ist ein schwieriger Schritt«, hörte ich meine Mutter zu ihm sagen, »lass mir etwas Zeit.«

Was sie überlegte, verstand ich Monate später, als sie die Koffer packte und Aurora tagelang Tränen aus den Augen wischte.

»Felicitas«, sagte meine Mutter, »wir ziehen mit Ron an einen schönen Ort. Du wirst dort glücklich sein.«

Ich holte mir Wasser, Brot und Wurst aus der Küche und versteckte mich auf dem Dachboden. Aber Aurora fand mich, bevor ich meine Vorräte essen konnte.

»Felicitas«, sagte sie, »du kommst uns besuchen.«

Ich küsste die Wände meines Zimmers und klammerte mich an Hannes fest, der heulte und schrie.

»Lass sie hier, Heike, lass sie hier!«

Meine Mutter nahm mich mit. Die Reise war lang. Ich saß Stunden im stickigen Auto und dämmerte vor mich hin. Meine Mutter redete viel. Sie sprach von der eigenen Wohnung mit neuen Vorhängen und Stühlen und einem Sofa, das sie anschaffen würden, und von Teppichen mit Mustern und einem Küchengerät, das Gemüse von alleine klein hackte. Ron legte ihr die Hand auf den Oberschenkel.

»Endlich zu Hause!«, rief meine Mutter, nachdem ein Mann mit bösem Blick unsere Reisepässe kontrolliert hatte.

Wir rasten auf Autobahnen weiter, fuhren an Wiesen und Kühen vorbei in eine Straße mit Wohnblöcken und geteertem Spielplatz. Im Aufzug roch es nach Schweiß, in der dunklen Wohnung nach kaltem Rauch.

»Wie schön!«, rief meine Mutter und klatschte in die Hände.

Sie tanzte durch die kleinen Zimmer in die Küche, stellte das Radio an, packte Ron. Er löste sich nach ein paar Schritten, ging zum Radio und wechselte den Sender.

»Psst«, sagte er, »die Fußballresultate.«

Ich hörte dem Mann im Radio zu, er sagte viel »ch« und »üe«, fremde Wörter, nur manchmal klang eines vertraut. Ich blickte zu meiner Mutter. Sie stand still und starrte zu Boden.

»Was sagt er?«, fragte ich.

»Ruhe«, zischte Ron, »davon verstehst du nichts.«

Die Männer und Frauen in der Siedlung redeten dieselbe Sprache wie der Mann im Radio, sie sagten »ch« und »üe« und ein paar verschluckte Laute dazwischen. »Chumm« verstand ich nach ein paar Tagen, wenn das Nachbarskind mich zu sich winkte, und »Grüezi« sagte ich später der Lehrerin, wie sie es mich lehrte. In der Bäckerei bestellte ich »Mutschli«, mit den Kindern zählte ich »azelle, Bölle schelle«.

»Feli«, riefen die Kinder, »chumm.«

Ich ging mit ihnen. Zu Hause saß meine Mutter und nähte Vorhänge und Kissen fürs Sofa, das sie im Katalog gesehen hatte. Sie saugte Staub von den fleckigen Teppichen und schnitt Gemüse für die Suppe am Abend. Manchmal brachte Ron ein Stück Fleisch nach Hause und eine Flasche, aus der sie tranken. Dann lachte er viel, und meine Mutter lachte mit. Die Vorhänge hingen längst am Fenster, die Kissen fürs Sofa lagen auf dem Boden, die Teppiche verstaubten. Meine Mutter schnitt kaum noch Gemüse, sie tippte Zahlen ein an der Kasse im Supermarkt, und wenn sie abends nach Hause kam, war sie müde.

Ich tischte Brot und Käse auf. Ron brachte neue Flaschen. Am nächsten Morgen lagen die beiden noch im Bett, wenn ich zur Schule ging. Manchmal schrie meine Mutter, und Ron schrie zurück. Ich ging dann in mein Zimmer und presste das Kissen aufs Ohr. Einmal bohrte sich etwas Spitzes in meine Haut, als ich durch die Küche ging. Ich humpelte zu meiner Mutter ins Schlafzimmer. Sie lag unter der Decke, bloß ihr Gesicht war zu sehen, rot die Wange und blau die Stelle über dem Auge, da, wo ihre helle Augenbraue begann. Ich zog die Glasscherbe aus meinem Fuß und ging zur Schule. Manchmal besuchte ich Aurora und Gustav. Wir erzählten einander Geschichten und aßen Krabben. Wenn Aurora nach meiner Mutter fragte, ging ich nach draußen, zertrat die Muscheln, die sie für mich gesucht hatte, und riss die bunten Blätter in tausend Stücke. Wenn ich wieder zurückfahren musste, hielt ich Aurora fest umklammert.

»Nein«, sagte Aurora und strich mir die Tränen aus dem Gesicht, »zuerst musst du deine Schulzeit abschließen.«

Zwei Monate vor Schulende starb Aurora. Gustav überlebte sie um ein halbes Jahr. Onkel Hannes und Onkel Jan waren sehr beschäftigt, meine Mutter lag im Bett, Ron kotzte die Küche voll. Ich ließ alle hinter mir und lernte, eine gute Empfangsdame im Hotel zu sein. Lächeln wurde zu meiner Fassade, hinter die niemand sehen durfte. Das Geschrei der letzten Jahre wurde von netten Worten abgelöst. Sie erlaubten mir, zu reden, ohne etwas sagen zu müssen. Ich senkte den Kopf, damit sie meinen Blick nicht deuten konnten, und nickte gehorsam. Ich beherrschte mein Handwerk. Meine Lehrmeister lobten mich, die Kolleginnen beneideten mich. Ich war allein, wenn ich von meiner Schicht ins düstere Zimmer zurückkehrte, und horchte in die Stille. Keine Scherben im Fuß, kein Kissen auf dem Ohr. Manchmal sehnte ich mich nach meiner Mutter, wünschte sie mir so, wie sie früher war. Wenn ich sie anrief, war sie entweder überdreht oder so in sich versunken, dass sie kaum ein Wort über die Lippen brachte. Ich bot ihr Hilfe an, wollte sie von Ron wegbringen. Sie wies mich zurück. Nie fragte sie, wie es mir ging. Ich schützte mich, indem ich nichts mehr von ihr erwartete. Sie wurde zur Fremden. Selbst das Mitgefühl, das ich ab und zu für sie empfand, schwand, je länger sie sich von Ron quälen ließ. Sie hatte ihre Wahl getroffen, ich wurde dabei nicht berücksichtigt. Also wandte ich mich an meine Großmutter. Aurora hörte mir zu. Sie freute sich mit mir über den erfolgreichen Lehrabschluss und die erste Stelle in Montana. Sie tröstete mich, wenn die Kolleginnen intrigierten, und lästerte über meinen bösen Chef in Klosters. Aurora war immer für mich da.

Sobald die Wunden an meinen Handgelenken verheilt waren, führte mich der Herr in Grau in einen Raum voller Frauen. Sie saßen an langen Tischen und flochten Körbe. Ich musste mich dazusetzen und Binsen biegen, so wie die Aufsicht es mir zeigte.

»So, meine Liebe«, grinste der Pfleger, »ab jetzt ist Mister John für dich zuständig.«

Mister John war ein braungebrannter Mann in Freizeithose und Hemd, die Brille ins graue Haar geschoben. Er trug trendige Sportschuhe, deren Sohlen quietschten, während er vor mir auf und ab ging. Ich lernte ihn ein paar Tage später kennen.

»Felicitas«, hatte die Aufsicht gerufen, »Arbeit ablegen, Redestunde!«

Die Redestunde bestand darin, dass Mister John redete und ich zuhörte. Ab und zu stellte er mir eine Frage, die ich zurückhaltend beantwortete. Er pries den Wert einfacher Arbeit. Binsen binden würde mich von Neuem in Kontakt mit mir selbst bringen, konkrete Materie würde mich erden. Er legte die Entfremdung dar, in der ich mich befunden hatte, die

Geringschätzung meiner selbst, die ich zu Unrecht betrieben hatte. Er gab einem ausschließlich gewinnorientierten Wirtschaftssystem die Schuld, das flexible Menschen forderte, ohne auf ihr Bedürfnis nach Kontinuität und Sicherheit zu achten.

»Als Rezeptionistin haben Sie gearbeitet!«, rief er, »in Pontresina, Zürich, Sharm el Sheikh, Amsterdam? Kein Wunder! Entwurzelung, Stress, fremde Einflüsse – das war Gift für Ihre feine Seele!«

Ein von mir geschaffenes Produkt würde meinen Wert bestätigen.

»Körbe flechten«, sagte er und beugte sich vor, »wirkt Wunder. Geben Sie sich ganz den geschmeidigen Binsen hin, gestalten Sie frei, rhythmisieren Sie nach Gutdünken, atmen Sie tief durch.«

Letzteres tat ich, als ich wieder mit den Frauen im Raum saß und mich mit dem widerspenstigen Material abmühte, das mir die Finger zerstach und die Haut wund scheuerte. Die Aufsicht wies mich ungeduldig an, sie verfluchte meine linken Hände und ihr Schicksal, das ihr diesen Job zugedacht hatte. Sie verschwand regelmäßig in Pausen, aus denen sie lange nicht zurückkehrte. Die Frauen nutzten die Gelegenheit für Klagen und schnelle Gespräche. Die schöne Isabel neben mir pries ihre Lieben, die sie verlassen hatte, sie weinte über den Schmerz, den sie ihnen angetan hatte, sie bereute zutiefst, dass sie ins Wasser gegangen war. Sie machte sich Hoffnungen auf die Abteilung Vision, die ihr Mister John als den Ort beschrieben hatte, der ihren Fähigkeiten entsprechen würde.

»Was sind denn deine Fähigkeiten?«, fragte Tatjana böse.

Isabel ignorierte sie und bog weiter fleißig Binsen. Die guten Gedanken von Papa, Mama und Manuel würden ihr Punkte bringen. Sie würde es dorthin schaffen, wo es täglich Sekt gab und liebe Menschen. Rahel und Iris schlossen sich ihr an, ebenso Livia und Leonie. Sie versprachen sich vom Aufstieg das Beste, Lachs und Kaviar zum Sekt und Begegnungen mit prominenten Männern.

»Lachs und Kaviar«, höhnte Tatjana, »vergesst es! Die versprechen euch das Blaue vom Himmel, und wenn ihr ganz oben seid, bringen sie euch zu Fall. Irgendetwas finden sie immer, das ihren Ansprüchen nicht genügt, eine falsch platzierte Binse, eine Fallmasche, einen dicken Hintern.«

Mister John bestellte die schöne Isabel für ein langes Gespräch zu sich. Sie kicherte und verdrehte die Augen, als sie zurückkehrte. Sie wurde als Erste befördert, wir sahen sie nie mehr. Ein paar Wochen später folgten Rahel und Iris, Livia und Leonie. Ich blieb bei denen zurück, die mit ihren Körben nur langsam vorwärtskamen. Elena verlor sich in unzähligen Racheszenarien für jene, die sie im Leben verletzt hatten, Madeleine war depressiv, Cathy schwitzte stark, Tatjana mochte keinen Finger rühren für eine Institution, die dem Materialismus verpflichtet war. Mister John motivierte vergeblich. Verbesserung durch Aufstieg war keine Option für Tatjana. Cathy fiel durch alle Maschen, an Madeleine prallten schöne Worte ab, und Elena vertat ihre letzte Chance, als sie Mister John den Stinkefinger zeigte. Eine nach der anderen verschwand. Mister John holte sie zu sich und brachte sie nicht mehr zurück. Als ich mich nach ihnen erkundigte, zuckte er bloß mit den Schultern und sagte:

»Sie haben ihr Soll nicht erfüllt, zu wenig Einsatz, Punktzahl verfehlt. Am Schluss zählt die Leistung, es liegt auch an Ihnen, Felicitas. Arbeiten Sie und gehen Sie in sich. Lassen Sie sich von Familie und Freunden unterstützen. Motivieren Sie sie zu gutem Gedenken, verbessern Sie damit Ihre Bilanz. Uns ist jedes Mittel recht.«

Ich musste eine Liste meiner Hinterbliebenen erstellen, mögliche Punktzahlen von eins bis drei einfüllen, die ich bei ihnen erreichen konnte. »Mutter«, notierte ich, »Onkel Hannes« und »Onkel Jan«, je drei

Punkte, weil sie ein schlechtes Gewissen hatten. Ron führte ich erst gar nicht auf. Bevor ich »Domenico« schrieb, zögerte ich lange. Ich strich ihn wieder, setzte ihn neu. Null Punkte von Domenico.

Als ich Domenico zum ersten Mal sah, arbeitete ich in Pontresina. Er hatte lange dunkle Locken, trug einen grauweiß gerippten Mantel, um den Hals einen weißen Schal. In der Hand hielt er eine abgewetzte Mappe aus braunem Leder. Ich schätzte ihn um die dreißig. Er trat in die Hotelhalle, eine Zigarette im Mund. Sie wippte auf und ab, während er mit einer großen Frau redete, die hinter ihm eingetreten war. Auf seinen Haaren glänzten Schneeflocken, die in der Wärme der Halle zu Tropfen wurden. Einer davon fiel auf meine Unterlagen, als er sich am Tresen aufstützte.

»Willkommen im Grand Hotel Kronenhof«, sagte ich und richtete mich etwas auf, »leider ist es hier am Empfang nicht gestattet, zu rauchen.«

Ich sah kleine gelbe Punkte in seinen Augen, als er sich vorbeugte und mir den Rauch ins Gesicht blies.

»Sieh mal an«, sagte er und drehte sich zu seiner Begleiterin um, »die junge Dame hier gibt den Tarif durch, noch bevor sie mir den Schlüssel reicht für unser Gemach.«

Er lachte, seine Stimme war tief und etwas rau.

»Und wo, Mylady, finde ich den Aschenbecher?«

Ich hob ein wenig die Schultern und wurde rot, mein Gesicht brannte, als ich mich bückte und so tat, als würde ich in den Fächern unter dem Empfangstresen nach einem Aschenbecher suchen. Als ich mich wieder aufrichtete, sah ich ins Gesicht seiner Begleiterin. Sie hatte viele Fältchen um die Augen, die Wimperntusche war leicht verschmiert, und als sie den Mund öffnete, klebte etwas Lippenstift auf ihrem Schneidezahn.

»Myer«, sagte sie, »wir sind angemeldet.«

Ich legte ihr den Meldeschein auf die Theke und einen Stift dazu. »Anita Myer« schrieb sie, dazu Angaben zu Straße und Wohnort. Der Mann war hinausgegangen, ich sah ihn hinter der gläsernen Fassade. Er ging hin und her, führte hastig die Hand zum Mund. Dann trat er durch die Tür, blies Rauch aus. Ich senkte den Blick, starrte auf die Hände von Frau Myer, die ihren Ausweis hervorkramte.

»Mylady«, er trat an den Empfang und rieb sich die Hände, »kalt ist es bei Ihnen. Lassen Sie das Gepäck meiner Frau bitte in unser Zimmer bringen.«

Als die beiden Richtung Aufzug verschwunden waren, holte ich Meldeschein und Ausweis hervor. Anita Myer, Lilienweg 38, CH-8706 Meilen. Ich notierte die Anschrift auf einen kleinen Zettel und steckte ihn ein. Die Frau war am 23.07.1961 geboren. Sie war ungefähr zehn Jahre älter als ihr Begleiter und genau siebzehn Jahre und fünf Monate älter als ich. Der Tropfen auf meinen Unterlagen war beinahe eingetrocknet. Ich fuhr mit dem Zeigefinger darüber, wandte mich um und leckte daran. Als ich aufblickte, sah ich im Spiegel den Mann. Er stand hinter mir am Empfang und schaute mir zu. In seinen Augen leuchteten kleine gelbe Punkte.

»Nicht erschrecken, Mylady«, sagte er und blickte auf meine Hand, die ich schnell gesenkt und zur Faust geballt hatte, »leider habe ich meine Zahnbürste vergessen. Haben Sie so etwas im Angebot?«

Dass er Domenico hieß, wusste ich seit jenem Nachmittag im Grand Hotel Kronenhof, als ich den Passepartout an mich nahm, in die dritte Etage fuhr und das Zimmer Nummer 307 öffnete. Es roch nach Parfüm und kaltem Zigarettenrauch. Das Bett war gemacht. Auf einem Stuhl lagen zerknüllte Hosen, ein Hemd, Socken. Auf einem zweiten ein Knäuel Spitzen, glänzender Stoff, schwarze Strümpfe. Taschentücher auf dem Nachttisch, am Boden ein Buch. Die Mappe war weg. Er war mit dem abgewetzten braunen Ding in der Hand durch die Hotelhalle gegangen, an der anderen Hand die Frau. Er hatte zu mir herübergesehen, kurz, und den Kopf geneigt, ganz wenig, und ich hatte schnell auf das Reservationsbuch hinuntergeblickt. Bestimmt wäre in der Mappe ein Hinweis auf ihn zu finden gewesen, ein aufgerissener Briefumschlag, eine Rechnung, Dokumente. Ich hätte erfahren, womit er sich beschäftigte, was ihm so wichtig war, dass er es immer bei sich trug. Ich hätte seinen Namen gelesen, müsste ihn nicht weiter »Herr Myer« nennen, wenn ich an ihn dachte. Schnell fasste ich nach der Hose auf dem

Stuhl und griff in die Taschen. Kein Zettel, kein Ausweis. Einen Stein fand ich, grau mit weißen Streifen. Ich ließ ihn zurückgleiten. Am Hemd nur die Etikette mit einem italienischen Markennamen. Ich hob das Buch auf und blätterte es durch, vorsichtig, damit das Buchzeichen nicht herausfiel. Auf der ersten Seite war etwas mit Tinte notiert, in großzügigen Buchstaben.

»Domenico Salatina.« Ich las flüsternd und floh aus dem Zimmer.

Ich sah ihn noch an vier Tagen durch die Halle gehen. Ich wartete auf seinen Blick und fühlte, wie rot ich wurde. Dann schaute ich ihm nach, wie er davonging, mit der Mappe in der Hand. Etwas Kostbares trug er darin, Ideen vielleicht, auf Papier gebannt. Er musste ein Künstler sein, allzeit bereit, Neues zu notieren. Am fünften Tag reisten sie ab. Die Frau bezahlte, während er draußen bei ihrem Koffer stand und rauchte. Es schneite. Bevor er ins Taxi stieg, fuhr ihm die Frau mit der Hand durchs Haar, weiße Flocken fielen zu Boden.

Nach der Abreise von Domenico und Frau Myer tat ich, was ich tun musste. Ich versah meinen Dienst am Empfang des Grand Hotels Kronenhof in Pontresina. Ich hieß Männer und Frauen mit Unmengen Gepäck willkommen, informierte sie über Frühstück und Nachtessen, Skipisten und Bergbahnen. Ich nahm Reservationen entgegen, erstellte Rechnungen, strich schlechte Trinkgelder mit einem Lächeln ein. Ich bestellte Taxis und füllte Prospekte nach, beriet bei Magenverstimmung und suchte verlorene Teddybären. Abends ging ich in mein Zimmer, das ein paar Gehminuten entfernt lag, schlitternd auf dünnen Sohlen, und legte mich aufs Bett. Ich schnupperte an meiner Hand, sie roch nach Metall, nach den schweren Bolzen, mit denen die Schlüssel versehen waren, flach zuerst für die Zimmernummern, dann in einer Kugel endend, unhandlich, damit es keinem einfalle, mit Hotelbesitz davonzugehen. Täglich gab ich sie heraus, auf Verlangen der Gäste.

»Die 234 bitte«, »Nummer 711«, »58«, »Wird's bald!«.

Die Nummer 307 ging durch fremde Hände, ein Paar aus Russland wohnte dort, ein Vater mit Sohn, eine junge Frau mit altem Mann. Sie nahmen den Schlüssel achtlos. Sie wussten nicht, wer Nächte vor ihnen dort geschlafen hatte, sie vertrieben seinen Duft mit aufdringlichen Parfüms und fetten Zigarren. Ich hatte das Zimmer nicht mehr betreten. Aber nachts sah ich es, das große Bett, Domenico lag darin, bloß die dunklen Locken waren zu erkennen. Den Schlüssel Nummer 307 nahm ich täglich in die Hand, vor Feierabend, und strich über das kalte Metall. Drüben im Anbau roch ich an meinen Fingern, auf dem Bett liegend, und manchmal stieß ich meine Zunge dagegen, ganz sanft. Sie schmeckten bitter.

Ich überstand die Saison. Pontresina sagte ich Adieu, fuhr mit der Bahn ins Unterland. Die Straßen waren wieder grau und die Wiesen grün. Später in der Stadt erschreckten mich Straßenbahnen und wutverzerrte Gesichter. Ich fand meinen neuen Arbeitsort. Das Widder Hotel war schön, der Chef nett. Die Kolleginnen kicherten und fassten nach meinen Zöpfen.

»He, Heidi, du bist hier in der Stadt.«

Dem Grand Hotel Kronenhof war ich glücklicherweise entkommen. Nie mehr musste ich am Empfang stehen und warten, zum Eingang starren und hoffen, dass er kam. Keine Reservationen mehr durchgehen und kontrollieren, ob sich allenfalls in einer Minute, in der ich nicht über die Neueingänge wachte, ein Herr Salatina angemeldet hatte oder eine Frau Myer. Ich war der Demütigung entkommen, einen Schlüssel anzubeten. Ich verbannte die Träume, in schwarzen Locken zu kraulen. Ich war in der Stadt. Ich ließ die Zöpfe schneiden. Ich ging mit Kolleginnen in die Bar. Ich trank Wein. Tanzte. Marc redete mit mir, Beat legte mir den Arm um die

Schultern, Ulrich roch aus dem Mund. Die Kolleginnen kicherten und sagten:

»Sei nicht so schüchtern. Wag etwas.«

Ich wagte Küsse mit Robert, die nach Bier schmeckten, seine Zunge lag weich und groß in meinem Mund. Später lag er auf mir, ich gab mir Mühe, er sich auch. Danach hörte ich nichts mehr von ihm, mir war es recht. Philipp war lieb und langweilig. Andreas rannte täglich eine Stunde, spielte Tennis und fuhr mit mir Rad, bis ich stürzte. Mario redete zu viel.

»Keiner kann es dir recht machen«, sagten die Kolleginnen.

Ich holte die kleine Dose hervor, die ich im Schrank zuhinterst verborgen hatte. Sie war golden und türkis und enthielt einen Schatz, den ich nie antasten wollte. Er sollte dort ruhen und mich nähren von ferne. Ich wollte bloß wissen, dass es ihn gab. Er spendete mir Trost in langen Nächten. Ich dachte an ihn und verbot mir, ihn in die Hand zu nehmen. Bis zu jenem Abend, als ich mich nicht mehr zurückhalten konnte. Ich hob den Deckel. In der kleinen Dose war ein Zettel. Meine Hände zitterten, als ich ihn auseinanderfaltete. Es war ein Fehler, ich wusste es, aber nach sechs Monaten in der Stadt bat ich eine Kollegin um ihr Auto, richtete mir die Haare und fuhr an den Lilienweg 38 in Meilen.

Es war einfach, den Ort zu finden. Eine ruhige Wohnstraße am Hügel, schöne Häuser, ein paar Bäume, Frauen mit Kinderwagen und teuren Taschen. Die Nummer 38 war ein fleischfarbenes Mehrfamilienhaus. Ich parkte in sicherer Distanz oben an der Straße und wartete. Große Terrassen mit verschnörkelten Gittern waren dem Haus vorgelagert. Ich stellte mir vor, wie Frau Myer im Sommer mit Domenico am Tisch saß, am kühlen Wein nippte und auf den See hinausblickte. Ich sah sie hinter fleischfarbenen Mauern auf dem Sofa sitzen und lesen, den Kopf von Domenico auf ihren Schoß gebettet, ihre Hand im dunklen Haarschopf verborgen. Ich schaute ihr zu, wie sie den Schrank öffnete, um ein Kleid für den Abend zu wählen, während Domenico auf dem Bett lag und schlief. Als jemand aus dem Haus trat, zuckte ich zusammen. Es war ein älterer Herr, er ging die Straße hoch, sah in meine Richtung. Ich duckte mich, mein Herz raste. Später kam ein kleiner Junge, klingelte, trat ein. Es wurde dunkel. Ich wagte es, auszusteigen und zum Eingang zu gehen. Bronzene Schilder neben den Klingelknöpfen,

»S. C. + M. Sch.«, »K. M.«, »B. & L. H.«, »A. M.«. Anita Myer. Neben dem Schild war ein Papier aufgeklebt, klein:

»D. S.«

Ich strich sanft über die Buchstaben. Domenico Salatina wohnte bei dieser Frau mit Lippenstift auf den Zähnen. Er trug seine Mappe hier täglich ein und aus, seine Sohlen berührten diese Schwelle. Er konnte jeden Moment die Tür öffnen und mich anstarren aus schwarzen Augen.

»Sie hier, Mylady? Und wo sind die schönen Zöpfe?«

Ich rannte zum Auto und raste zurück. Ich wollte ihn nicht sehen, kein bleiches Gesicht mit Lippen, die sich zu einem Lächeln verzogen, das ich nicht zu deuten wusste. Nie mehr würde ich vor ein Haus fahren und fremden Leuten zusehen, die ein und aus gingen. Das nächste Mal tat ich es eine Woche später. Ich traf weder Domenico noch Anita Myer, und als ich eine Woche danach wieder vor dem Haus stand, im Auto gut verborgen, trat die Frau aus dem Haus. Ich kannte den Lippenstift, die hochhackigen Schuhe. Sie sah schön aus von Weitem, keine verschmierte Wimperntusche, keine Fältchen. Ich fuhr zurück und jeden freien Tag wieder hin. Ich wollte ihn sehen, bloß einen Blick werfen, schnell, dann nie mehr. Danach weiterarbeiten im Widder Hotel, am Empfang stehen und Männer mit Rollkoffern willkommen heißen, über Restaurants und Bars informieren, Taxis bestellen. Abends in die Einzimmerwohnung gehen und mich aufs Bett legen. Domenico sehen, wie er sein Weinglas hinstellt, sich erhebt, die Terrasse und Anita Myer verlässt und die Treppe hinuntersteigt. Domenico sehen, wie er mir die Tür öffnet. In seine Arme sinken. Seine Stoppeln fühlen. Seine Lippen. Seine Hände. Am Morgen erwachen, aufstehen, arbeiten gehen. Ihn nur ein Mal noch sehen, dann vergessen.

Die Bilanz meines Lebens war mit engagiertem Korbflechten – meine Finger waren unterdessen flink und die Hornhaut dick geworden – nicht aufzubessern. Die Chancen, in die Abteilung Vision aufzusteigen, standen schlecht. Mister John schüttelte bedauernd den Kopf. Frauen wie mich steckte man ins Souterrain, für immer. Seine Aussagen darüber, was mich dort erwartete, blieben vage. Ich stellte mir Höllenqualen vor: schweißnasse Frauen, blassrosa und rot, Leiber mit gekrümmten Rücken und schlaffen Brüsten, runde Bäuche, welke Haut. Sie saßen untätig in langen Reihen, dämmerten vor sich hin. Keine Ablenkung mehr in stupider Arbeit, keine Möglichkeit, sich hochzudienen mit flinken Fingern. Bloß sitzen und schwitzen, dazwischen jammern und klagen, während die Aufsicht das Feuer schürte. Ab und zu stand eine auf, taumelte auf den glatten Holzrosten, rutschte aus. Die anderen lachten. Manchmal suchte eine den Ausgang. Zu viel Hitze war ungesund, das Herz begann zu rasen, der Schweiß brannte in den Augen. Doch ein Entkommen gab es hier nicht. Auf ewig sitzen und schmoren war das, was die Frauen verdienten. Die Abteilung Supervision F war ein Sanatorium dagegen. Ich musste alles daransetzen, hier bleiben zu können. Der Hölle wollte ich entkommen. Zu viel davon hatte ich auf Erden gesehen. Nie mehr schmoren im eigenen Saft, kein Stochern mehr in alten Wunden, keine Versengungen mehr an meiner Haut. Ich saß Mister John in seinem Büro gegenüber und redete um mein Leben. Ich legte ihm meine Qualifikationen als Rezeptionistin und Back Office Administrator dar, ich schilderte meinen Umgang mit schwieriger Klientel. Mister John winkte ab. Meine Fähigkeiten seien unbestritten, aber die falschen für einen Job in dieser Abteilung. Ich bezog die Erfahrungen aus den Etablissements ein, in die mich Domenico in Amsterdam geschleppt hatte. Worte wie Bondage und Spanking gingen mir leicht über die Lippen. Mister John riss die Augen auf. Ich legte ihm seinen beschwerlichen Arbeitsalltag dar, die konstante Überbelastung, die schwierigen Entscheidungen, mit denen er allein gelassen wurde, die Aufgaben, für die er überqualifiziert war. Mister John nickte. Ich pries meine Arbeitskraft, die ihn entlasten würde, die Führungsverantwortung, die er übernehmen könnte. Mister John ging noch schneller auf und ab. Als ich die Vision einer effizienten und straff organisierten Abteilung Supervision F entwarf, in der ich die Drecksarbeit machte, blieb er abrupt stehen. Er schob seine Brille von der Stirn auf die Nase, musterte mich und sagte, dass ich ein Geschenk des Himmels sei. Dann verdüsterte sich sein Gesicht.

»Aber der Boss«, sagte er.

Den Boss hatte ich noch nie zu Gesicht bekommen. Ab und zu pries Mister John seinen Sachverstand und seine Menschenliebe, kritisierte jedoch mangelnde Entscheidungsfreudigkeit. Umso mehr freute ich mich, als zwei Wochen später die Genehmigung für eine Assistenzstelle eintraf, die ich hoch motiviert antrat. Erstmals seit langer Zeit fühlte ich mich stark und ohne Angst, und ich verbot mir, darüber zu grübeln, wieso ich mir dafür erst die Pulsadern aufschneiden musste. Auch wenn es sich auf die Mitarbeit in der Abteilung Supervision F beschränkte, begann mir mein zweites Leben zu gefallen. Diesmal würde ich es nicht so schnell in andere Hände legen.

Domenico tauchte in der siebten Woche auf. Ich saß im Auto und döste vor mich hin, als ich eine Bewegung weiter unten wahrnahm. Jäh richtete ich mich auf. Jemand ging mit wehendem Mantel die Straße hoch, eine zweite Person neben sich. Ich kniff die Augen zusammen, rutschte ein wenig tiefer in den Sitz. Er kam näher. Es war Domenico im grauweißen Mantel, ohne Schal, mit schwarzen Locken, Zigarette im Mund, die Mappe in der Rechten. Meine Hände wurden schweißnass. Die Zigarette wippte auf und ab, er redete, seine Linke formte und zeigte, fasste die Frau neben sich. Es war nicht Anita Myer. Es war eine Frau mit blonden langen Haaren. Jung war sie, vielleicht zwanzig. Sie sagte etwas. Domenico lachte und redete, blieb vor der Haustür stehen. Ich sah bloß die Bewegung der Lippen, verstand kein Wort. Die Frau drehte mir den Rücken zu, ihr Haar glänzte. Domenico kramte den Schlüssel hervor, steckte ihn ins Schloss. Gleich würde sie sich verabschieden und weitergehen zum Haus, in dem sie wohnte, weiter oben an der Straße. Er öffnete die Tür, und sie trat hinter ihm über die Schwelle.

»He«, rief ich, »was soll das?«

Sie hörten mich nicht, die Tür fiel ins Schloss. Ich atmete tief durch. Eine junge Frau mit langen blonden Haaren stieg mit Domenico die Treppe hoch. Meine Hände zitterten, als ich den Motor startete. An der großen Kreuzung hupte einer. Ich verpasste die Abzweigung. Vielleicht war die Frau eine alte Bekannte, die zu Tee und Kuchen geladen war. Vielleicht war sie die Tochter von Frau Myer, gezeugt mit einem Mann, der auf und davon gegangen war, oder gestorben, einzig Geld war geblieben. Vielleicht arbeitete sie mit Domenico, erledigte seine Korrespondenz, erinnerte ihn an Termine. Oder sie war seine Cousine, zu Besuch für ein paar Tage, um die große Stadt zu genießen, Museen und Theater, dazwischen ein paar Kleider kaufen. Ich fuhr durch unbekannte Straßen. Vielleicht war sie eine Schülerin, und er gab ihr Nachhilfe, gegen guten Lohn, oder er lehrte sie ein Instrument zu spielen, Klavier zum Beispiel oder Violoncello. Ich endete in einer Sackgasse, graue Häuser versperrten den Weg. Mit Mühe konnte ich das Auto wenden. Allenfalls war sie seine Schülerin, die Beste, und er brachte ihr Dinge bei, die außerhalb des Pflichtstoffs lagen. Vielleicht saß er mit ihr am Klavier und legte seine Hand auf ihre schlanken Finger. Sie hörte mit dem Spiel auf, strich über seine gebogene Nase, die harten Stoppeln. Er zog sie vom Hocker aufs Sofa hinüber. Sie zierte sich ein wenig und öffnete dann den Mund. Ich stöhnte und suchte von Neuem das Schild, das mir den Weg zurück nach Zürich wies. Die junge Frau mit den langen blonden Haaren war Domenicos Geliebte. Er lebte mit Anita Myer an begehrter Wohnlage, er blickte mit Wein im Glas auf den See hinunter, er teilte mit ihr die Suite im Grand Hotel Kronenhof, und wenn sie außer Haus war, vergnügte er sich mit dieser Frau. Abends erzählte er ihr von den strengen Stunden, die er verbracht hatte, über seinem neusten Werk grübelnd, einer Abfolge von Noten, einem neuen Text, einer Skulptur. Anita Myer nickte mitfühlend und schenkte nach, bevor sie ins Badezimmer verschwand, um sich für die Nacht herzurichten. Er trank und lächelte sein schönes Lächeln. Ich fand die Abzweigung und gab Gas. Endlich war ich auf dem richtigen Weg. Als ich meine Wohnung erreichte, war ich mit mir im Reinen. Domenico Salatina war ein Lügner und Betrüger, ein gewissenloser Taugenichts, der auf Kosten anderer lebte, ohne Rücksicht auf Verluste. Er war es nicht wert, dass ich noch einen Gedanken an ihn verschwendete. Meine Besuche am Lilienweg würde ich einstellen. Nie mehr würde ich zusammenzucken, wenn sich die Haustür der Nummer 38 öffnete. Nie mehr würde ich nach Zürich zurückrasen, voller Scham. Wie tief ich gesunken war. Ich stellte einem fremden Mann nach, der mir vor sieben Monaten am Empfang des Grand Hotel Kronenhof in Pontresina eine Zahnbürste aus der Hand genommen hatte. Seine Finger hatten meine gestreift, mir war heiß geworden, während er mich ansah, dunkel und heiser war seine Stimme, als er leise sagte:

»Danke, Mylady. So etwas ist mir noch nie passiert.«

Diesmal hielt ich meinen Schwur. Ich fuhr nicht mehr an den Lilienweg. Domenico verbannte ich aus meinen Gedanken. Wenn er auftauchte, ging ich joggen oder hörte laute Musik, bis sich die Nachbarn beschwerten. Als das nicht mehr ausreichte, ging ich tanzen. Ich trank mit Stefan einen zu viel und lernte Jürgen kennen, als ich nüchtern war. Jürgen war Bauingenieur und zehn Jahre älter als ich. Er war groß und lieb, und wenn er den Arm um mich legte, wurde ich ganz ruhig. Er hörte mir zu, wenn ich redete. Er besaß eine große Wohnung mit vielen Fenstern und einem Sofa an der Sonne. Ich zog bei ihm ein. Ich besorgte Pflanzen für jedes Zimmer und kochte. Wenn Jürgen nach Hause kam, fragte er mich, wie mein Tag gewesen war. Er spülte das Geschirr, nachdem wir gegessen hatten, dann schauten wir gemeinsam fern. An meinen freien Tagen lag ich auf dem Sofa. Manchmal wusch und putzte ich und bügelte Jürgens Hemden. Am Wochenende saß er oft hinter dem Schreibtisch. Wenn die Sonne schien, spazierten wir. Jürgen berichtete von statischen Problemen und Bauabrechnungen, mit denen er sich herumschlug, von Zahlen und Prozessen. Ich bemühte mich, ihn zu verstehen. Wenn er mich zum Reden aufforderte, erzählte ich ihm von Gästen, die ihre Zahnspange auf dem Nachttisch vergaßen und Feuer entzündeten, um Tee zu kochen. Wir lachten. Wenn ich von der Nachtschicht nach Hause kam, empfing mich Jürgen mit frischem Kaffee. Manchmal kam er zum Abendessen nicht nach Hause. Dann drehte ich die Musik laut auf.

»Bleib bei mir«, sagte Jürgen.

Die Wintersaison in St. Moritz sagte ich ab. Plötzlich fürchtete ich lange Abende, an denen ich einsam auf dem Bett lag. Allein vor dem Fernseher sitzen. Nicht mehr darüber reden, wer beim Tatort verdächtig auffiel. Allein die Tagesschausprecherin kritisieren. Keine lustigen Geschichten erzählen. Nicht mehr lachen mit Jürgen, keine Wärme spüren. Im Widder Hotel behielten sie mich gerne. Mein Chef ernannte mich zur Sous-Chefin. Jürgen war stolz auf mich. Meine Kolleginnen luden mich kaum noch zu einem Drink nach Feierabend ein. So blieb mir Zeit, ein wenig zu spazieren, bevor ich einkaufte und kochte. Wenn Jürgen nach Hause kam, fragte er mich, wie mein Tag gewesen war. Er spülte das Geschirr, nachdem wir gegessen hatten, dann schauten wir gemeinsam fern. Er legte mir den Arm um die Schultern, und später streichelte er mich lange, wenn ich nicht einschlafen konnte. Streit hatten wir nie, bis auf das eine Mal, als Jürgen mir riet, mich beruflich zu verändern. Ich sei zu mehr fähig, als im Hotel am Empfang zu stehen. Ich war beleidigt und erklärte ihm, welch verantwortungsvolle Aufgabe ich übernahm. Ich wäre die Visitenkarte eines Hotels. Bei mir würde sich entscheiden, ob ein Gast die Stadt mochte oder nicht. Ein gehässiges Wort meinerseits würde sich in seinem Gedächtnis einbrennen, keine noch so schöne Sehenswürdigkeit könnte es überdecken. Jürgen fand, dass ich meine Aufgaben überschätze. Eine Weiterbildung in Marketing sei angesagt, zumindest Geschäftsführerin könne ich werden, mich emporarbeiten. Ich sagte nichts mehr und er auch nicht. An diesem Abend lag ich lange wach. Jürgen war beim Streicheln eingeschlafen, er schnarchte leise, während seine Hand auf meiner Schulter zuckte. Ich wagte nicht, mich zu erheben. Er wäre sofort aufgewacht, mit weit aufgerissenen Augen hätte er mich angestarrt und gesagt:

»Was ist, Feli, wohin gehst du?«

Als Assistentin von Mister John tat ich das, was ich beherrschte: Ich empfing neu Ankommende in der Abteilung Supervision F. F stand für Frauen, und Frauen wurden uns scharenweise zugewiesen: Selbstmörderinnen, Nutten und Betrügerinnen. Ich wies den Kindsentführerinnen ihre Plätze zu, betreute entgleiste Gattinnen und Altenpflegerinnen. Die einen brauchten erste Hilfe bei den Herren in Grau. Andere waren robust, wütend und stark genug, um in der Werkstatt zu arbeiten. Ich setzte mich zu ihnen, bis sie das Handwerk beherrschten, und hörte ihren Geschichten zu, die sie erzählten. Nach ein paar Wochen konnte die Stelle der Aufsicht gestrichen werden. Mister John freute sich über die eingesparten Stellenprozente, die er seinem Boss präsentierte. Gerne übergab er mir die eine und andere Redestunde, zu der er die Frauen holen ließ. Wenn eine reden wollte, hörte ich ihr zu, fragte bloß nach, wenn sie ins Stocken kam. Wenn sie tränenselig wurde, stoppte ich ihren Redefluss. Die Aussagen wurden auf Band gesprochen. Später tippte ich sie ab und setzte Bewertungen. Mister John las meine Protokolle und staunte.

»Umfassende Einsichten in das Innenleben verlorener Seelen«, sagte er, »und das mit Effizienz!«

Er musste bloß noch kurz die Punktzahl prüfen, seine Unterschrift setzen, den entscheidenden Stempel wählen: »Abteilung Vision« oder »Souterrain«. Wir steigerten unsere Kapazität um dreißig Prozent und erreichten eine optimale Fluktuation. Neuzugänge mussten nicht mehr in Übergangsheimen platziert werden, weil die Abteilung Supervision F überlastet war. Mister John fällte seine Entscheidungen schneller, sein Stempel knallte im Halbstundentakt. Er rang nicht mehr mit sich, um seiner Klientel gerecht zu werden.

»Die Last der Verantwortung, Felicitas«, sagte er, »wiegt leichter.«

Das war nicht weiter erstaunlich, weil ich sie trug. Ich hütete mich jedoch davor, Mister John darauf hinzuweisen, und stellte ihm eine unverfängliche Frage nach der Abteilung Supervision M. Schließlich musste es hier auch Männer geben. Mister John tat so, als hätte er ein dringendes Geschäft, und blieb mir eine Antwort schuldig. Die Frage ließ mir keine Ruhe: Wo steckten sie die hin, die in ihrem früheren Leben Dokumente und Schecks fälschten, hohe Boni einstrichen, Steuern hinterzogen, arme Schlucker um ihre Rente betrogen, ihre Frauen hintergingen?

Jürgen machte mir den Heiratsantrag nach vier Jahren. Ich kam von der Abendschicht nach Hause, müde und aufgekratzt zugleich, und freute mich auf ein heißes Bad. Als ich die Tür aufschloss, spielte jemand auf einem Klavier. Jürgen musste vor dem Fernseher eingeschlafen sein. Nie sonst hörte er klassische Musik, sie machte ihn nervös, besonders Klavier. Ich zog Mantel und Schuhe aus. Es war »Für Elise« von Beethoven, mein liebstes Stück, das ich jeweils sofort unterbrach, wenn Jürgen nach Hause kam. Im Wohnzimmer war es dunkel, der Fernseher ausgeschaltet. Die Klänge kamen aus dem Schlafzimmer. Langsam öffnete ich die Tür, ein feiner Duft schlug mir entgegen. Überall brannten Kerzen. Dann sah ich die Rosen, zwei riesige Sträuße auf beiden Seiten des Bettes, Rosenblätter auf dem Boden, kühl und zart unter meinen Füßen, als ich auf das Bett zuschritt. Dort saß Jürgen mit einem Glas in der Hand, mit nacktem Oberkörper, sein Bauch hing ein wenig über das Leintuch, mit dem er seine Scham bedeckt hielt.

»Hallo Feli«, sagte er, »entschuldige bitte, aber ich musste mir bereits einen Schluck Mut antrinken.«

Ich lachte und schlüpfte unter die Decke, während Jürgen sich erhob und die Musik abstellte.

»Feli«, sagte er und drückte mir ein kleines Schächtelchen aus weißem Leder in die Hand, »willst du mich heiraten?«

Mein Herz klopfte heftig, als ich den Deckel anhob. Verschwommen sah ich etwas glänzen. Ich spürte den Ring in der einen Hand, während ich mit der anderen die Tränen aus den Augen wischte.

»Feli?«

Ich drehte den Ring zwischen den Fingern, er war golden mit einem hellblauen Stein.

»Wie deine Augen, Feli«, sagte Jürgen, »gefällt er dir?«

Ich nickte, während meine Gedanken rasten. Jürgen heiraten, die Sonne auf dem Sofa genießen, kochen und Hemden bügeln, seine Berechnungen besser kennenlernen, mit ihm spazieren und lachen, neben ihm liegen. Sich in Ruhe einrichten, zu Hause sein, ein Leben lang.

»Und wie findest du das?«

Er wies auf Rosen und Kerzen.

»Toni hat mich beraten.«

Immer etwas finden müssen, seine Phantasielosigkeit hinnehmen, Kritik in den Augen lesen, seinen Bauch spüren, ein Leben lang.

»Überleg es dir, Feli«, sagte er, »schlaf drüber.«

Seine Untertänigkeit aushalten, seine Liebe. Ich schlief nicht in dieser Nacht. Ich dachte nach, erzählte Aurora von Klavier, Kerzen, Rosen und Ring.

»Eitler Tand«, sagte sie, »lass dich davon nicht beeindrucken.«

»Aber er meint es ernst. Er liebt mich.«

»Da hast du Glück. Aber du liebst ihn nicht.«

Wie konnte sie das behaupten. Der Mann trug mich auf Händen, einen Besseren würde ich nicht finden. Ich war nicht mehr die Jüngste, einunddreißig Jahre alt, straffes Fleisch und fältchenfreie Zeiten waren vorbei, die Lider hingen bereits ein wenig, die Brüste auch. Auf dem Markt drängten die Jüngeren nach, schlecht ausgebildet und anschmiegsam, gierig auf liebe Männer, die sie versorgten.

»Du sprichst doch nicht von Liebe, Felicitas, du sprichst von Angst.«

Sie beharrte auf ihrer Meinung, eigensinnig, wie sie war, und festigte meinen Entschluss. Ich würde Jürgens Heiratsantrag annehmen. Und danach die Sehnsucht aus meinem Leben verbannen.

»Sehnsucht wonach?«, fragte Aurora.

Aber das sagte sie nur noch sehr leise, dann brachte ich sie zum Verstummen.

Wir heirateten an einem kalten Tag im Februar, anschließend lud uns Jürgens Vater zum Essen ein. Seine Mutter redete viel und tätschelte mir den Arm. Meine Mutter gab kurze Antworten, wenn sie etwas gefragt wurde, und hielt sich an ihrem Wasserglas fest. Ich hatte sie unter der Bedingung eingeladen, dass sie keinen Alkohol anrührte, und war etwas erstaunt, als sie zusagte. Onkel Hannes und Onkel Jan sandten gute Wünsche und Bilder ihrer blonden Kinder. Die erste Flitterwoche verbrachten wir auf den Malediven in einem kleinen Häuschen über dem Meeresspiegel. Wenn ich im Bett lag, konnte ich das Plätschern des Wassers hören und Nachbarn, die stöhnten. Die zweite Flitterwoche verschoben wir, weil Jürgen arbeiten musste. Im Widder Hotel empfingen die Kolleginnen mich mit einer bunten Girlande. »Just Married« hatte eine auf ein gelbes Blatt Papier geschrieben, rote Herzen dazu gemalt. Am nächsten Tag brachte ich Kuchen mit und Sekt, die Kolleginnen nippten an den Gläsern und fragten:

»Und, wie ist es?«

Es war wie immer. Ich arbeitete, spazierte, kaufte ein und kochte, und wenn Jürgen nach Hause kam, fragte er mich, wie mein Tag gewesen war. Er spülte das Geschirr, nachdem wir gegessen hatten, dann schauten wir gemeinsam fern. Er legte mir den Arm um die Schultern, und später streichelte er mich lange, wenn ich nicht einschlafen konnte. Es war wie immer, bis zu jenem Tag, als Domenico an den Empfang trat.

»Mylady«, sagte er, »da sind Sie ja.«

Ich hörte bloß seine Stimme, während ich die Reservation eintippte, die ich soeben entgegengenommen hatte. Tief und etwas rau, so, wie ich sie gehört hatte, immer wieder. Mein Herz setzte kurz aus und schlug dann weiter, während ich auf die Tastatur starrte und spürte, wie mein Gesicht heiß wurde.

»Wo sind denn die schönen Zöpfe?«

Ich beendete meinen Eintrag, atmete tief durch und hob den Kopf.

»Was kann ich für Sie tun?«

Er sah aus wie vor acht Jahren. Schwarze Locken, dunkle Stoppeln, weich der Mund, weiß die Haut, die Nase lang und gebogen, die Augen schwarz, mit gelben Punkten. Keine Zigarette im Mund.

»Wenn ich gewusst hätte, dass Sie so nahe sind! Ich suchte nach Ihnen, ich klapperte die Hotels von Pontresina ab, von St. Moritz und Celerina. Ich lief im nassen Schnee mit kalten Füßen, wurde von übellaunigen Conciergen vertrieben, von pickligen Lehrtöchtern verfolgt. Ich schleppte mich bei großer Hitze von Zürich nach Bern und Luzern, Genf und St. Gallen, ich holte mir eine Lungenentzündung in unterkühlten Hotelhallen, wartete geduldig, bis es an mir war, mein Anliegen vorzutragen: ›Arbeitet bei Ihnen eine junge Frau mit blonden langen Haaren, zu Zöpfen geflochten, ihre Augen so blau wie ein Bergsee, ihre Haut so weiß wie Milch, die Lippen rot vom Beerensaft?‹ ›Nein!‹, riefen die Damen und Herren und scheuchten mich weg wie eine lästige Fliege, ›eine solche Person gibt es bei uns nicht.‹ Also schulterte ich mein Bündel und zog weiter, vom Castello del Sole ins Eden Roc, vom Schweizerhof ins Baur au Lac, vom Radisson Blu ins Ermitage-Golf, vom …«

»Meine Karte, Fräulein!«, rief der Herr und klopfte auf die Theke, rasch reichte ich ihm das Gewünschte. Domenico war verstummt und musterte mich lächelnd. Eine Kollegin schaute aus dem Büro und deutete auf Domenico, während sie die Augenbrauen hob. Ich zuckte mit den Schultern. Sie verschwand.

»Wissen Sie, was Sie für mich tun können?«

Domenico hatte seine Stimme gesenkt und lehnte

sich über die Theke. Er wollte sich ein Zimmer organisieren zu günstigen Bedingungen, sich einen ermäßigten Preis schnorren, mit Schmeicheleien Profit schlagen. Er meinte, er könnte mich mit seinen abgedroschenen Reden weichklopfen.

»Sitzen Sie Modell für mich, Mylady.«

Modell sitzen, Muse spielen, unter seinem Blick gefangen sein, womöglich nackt. Wie abgeschmackt, wie gewöhnlich. Damit mochte er Jüngere und Dümmere abholen, mich nicht.

»Nein«, sagte ich, »wenn Sie mich jetzt bitte entschuldigen würden. Ich habe zu tun.«

»Natürlich, Mylady.«

Er lächelte.

»Sehr gut, Mylady. Sie haben den ersten Test bestanden.«

Er ging durch die Hotelhalle davon, mit wehenden Mantelstößen, die Mappe in der Linken, und ich starrte ihm nach, diesem arroganten Arschloch, mit zitternden Knien.

Während der nächsten drei Wochen dachte ich an Domenico. Ich hätte es nie zugegeben, aber Aurora steckte ihre Nase in Dinge, die sie nichts angingen.

»Wenn er einen ersten Test macht, dann folgt ein zweiter«, sagte sie.

»Er soll mich in Ruhe lassen.«

»Er hat dich gesucht.«

»Wer's glaubt«, schnaubte ich.

»Wart nur.«

Das tat ich, zunehmend nervös und schlecht gelaunt. Jürgen riet mir erneut, mich beruflich zu verändern. Ich sei zu mehr fähig, als im Hotel am Empfang zu stehen.

Ich sagte nichts und sah weiter fern, und als er mir später den Rücken streicheln wollte, schüttelte ich seine Hand ab.

»Träum schön, Feli«, sagte er.

Domenico kam am vierundzwanzigsten Tag. Seinen Mantel hatte er gegen einen hellen Veston aus Leinen getauscht. Mit einem Lächeln trat er an den Empfang.

»Schönen guten Tag, Mylady. Warm heute, was?«

Ich nickte und legte weiterhin Dokumente ab. Er deutete auf die Akten.

»Wie läuft das Geschäft?«

In tausend Gedanken hatte ich mir verboten, auf sein Gerede einzugehen. Ich würde mich auf meine Arbeit konzentrieren, keinen Reden zuhören, ihn kaltblütig abblitzen lassen.

»Und Sie? Haben Sie ein geeignetes Modell gefunden?«

»Modell?« Er blickte erstaunt. »Darf ich fragen, wovon Sie reden?«

Ich senkte den Kopf und biss mir auf die Lippen.

»Hey, Mylady, nun schauen Sie doch nicht so traurig. Das mit dem Modellsitzen war nur ein Scherz. Ich male nicht, ich zeichne nicht, ich fotografiere nicht. Ich hasse Bilder, sie schränken ein, sie zeigen immer nur Oberfläche, falschen Glanz. Selbst schonungslose Bilder sind verlogen, sie tun so, als ob sie in die Tiefe weisen würden, und kriechen bloß der Selbstdarstellung auf den Leim.«

Eine Kollegin streckte den Kopf aus dem Büro und schaute mich fragend an. Ich winkte ab. Sie verschwand.

»Ich habe Ihnen etwas mitgebracht.«

Er legte seine geschlossene Faust auf die Theke.

»Reichen Sie doch bitte mal Ihre Hand, Mylady, einfach offen hinstrecken, ich tu Ihnen nichts.«

Grünblaue Adern zogen sich über seinen Handrücken, die Haut sah zart aus. Als ich aufblickte, funkelten die gelben Punkte in seinen Augen. Ich hob meinen Arm, spürte, wie seine Finger meine streiften, dann glitt etwas Kühles, Hartes in meine Hand. Sanft drückte er mir die Finger zur Faust.

»Eine Leihgabe bloß, Mylady. Ein Versprechen. Wenn Sie sie tragen, trinken Sie einen Kaffee mit mir. Noch am selben Tag.«

Es war eine goldene Kette mit Medaillon, die Domenico mir in die Hand gedrückt hatte. Ins Medaillon geprägt saß eine Madonna im weiten Mantel, den Kopf umrahmt vom Heiligenschein, in der Armbeuge ihr Kind. Ich trug sie in der Jackentasche aus dem Hotel, nach Feierabend. Sie brannte unter meinen Fingern, und als ich vor unserem Haus stand, wusste ich nicht, wohin mit ihr. Sollte ich sie in die Hecke werfen, den Käfern und Schnecken schenken, oder sie unter einem Stein verstecken, auf dass ich sie später einmal doch noch bergen konnte? Gehörte sie in meine Handtasche, allzeit bereit und sicher vor Jürgens Blick? Musste ich einen Briefumschlag holen, in den ich sie schieben konnte, und im Hotel dem zurückgeben, dem sie gehörte? Ich holte die kleine Dose hervor, die golden und türkis war, legte die Kette hinein und verbarg sie später zuhinterst im Schrank. Tag für Tag hielt ich sie in Händen, streichelte das Gesicht der Madonna und versuchte, nicht auf Aurora zu hören.

»Zieh sie an«, sagte sie, »du bist neugierig, ich sehe es.«

»Wieso sollte ich. Er treibt bloß Schabernack. Ich bin seine Testpuppe, seine Manövriermasse, er spielt mit mir.«

»Und wenn schon, du könntest etwas Unterhaltung in deinem Leben gebrauchen.«

»Und Jürgen?«, fragte ich.

»Kaffee trinken ist erlaubt«, sagte sie.

Ich widerstand acht Tage. Dann ließ ich die Kette in meine Jackentasche gleiten, packte das neue Sommerkleid ein, dazu Lippenstift und Wimperntusche, und ging zur Arbeit. Mir war, als ob die Leute mich prüfend anstarrten, sie musterten die Tasche mit dem Kleid, die Schuhe mit den hohen Absätzen.

»Verräterin!«, zischten sie, »Ehebrecherin!«

Ich zuckte zusammen und versuchte, ihren Blicken standzuhalten. Bloß einen Kaffee trinken, was war dagegen zu sagen. Bestimmt trank Jürgen Kaffee, ab und zu, mit einer Frau, seiner Sekretärin, der Kollegin. Und heute war er an einem Geschäftsessen, Frauen waren dabei, er aß mit ihnen, trank mit ihnen. Die Kette hängte ich auf der Toilette um, vor Arbeitsbeginn. Die Madonna kühlte kurz meine erhitzte Haut. Schön sah sie aus. Fröhlich baumelte sie an meinem Hals, wenn ich mich über die Tastatur beugte, ich griff ab und zu nach ihr, um meine zitternden Hände zu beruhigen.

»Neu?«, fragten die Kolleginnen.

Ich blickte verstohlen zum Eingang. 14.30 Uhr. 15.30 Uhr. 15.45 Uhr.

»Hier«, sagte eine Kollegin, als ich von der Toilette zurückkehrte, »das wurde für dich abgegeben.«

Es war ein Briefumschlag, zugeklebt, weiß, dünn. Ich riss ihn auf, entfaltete den Zettel.

»Die Kette steht Ihnen gut, Mylady. Heute um 18 Uhr auf dem Platzspitz, beim Pavillon. Domenico«

In den Park. Keinen Kaffee. Spazieren in hohen Schuhen, seinen Vorgaben folgen. Kein Wort der Freude, bloß ein Befehl. Die Kette steht dir gut. Ich stellte mich vor den Spiegel in der Toilette und sah mir lange in die Augen. Blau wie ein Bergsee. Lippen rot vom Beerensaft. Ich ließ mir von kitschigen Wortfetzen das Hirn verkleben, von einer herrischen Notiz den Weg vorschreiben. Wütend zerriss ich den Zettel, löste die Kette von meinem Hals. Dann zog ich das neue Kleid an.

Mister John war nicht begeistert, als ich ihn ein paar Wochen später wieder nach der Abteilung Supervision M fragte. Aber diesmal ließ ich ihn nicht entkommen.

»Sie wurde restrukturiert.«

»Restrukturiert?«, fragte ich.

»Abgeschafft«, sagte er.

Ihm war die Geschichte peinlich. Es gab keine Abteilung Supervision M mehr. Der damalige Leiter war mit einem Burn-out ausgestiegen. Die Männer, die zu gut fürs Souterrain und zu schlecht für die Abteilung Vision waren, überforderten ihn. Er war führungsschwach und scheute die Entscheidung, seine Klientel in Auf- und Absteiger einzuteilen. Niemand brachte ihn mehr dazu, noch einen Versuch zu wagen. Kein Nachfolger ließ sich finden, der mehr als drei Monate blieb. Jeder warf das Handtuch, entnervt von einer Abteilung, die Investitionen brauchte, einen Anbau, mehr Plätze und Betreuungspersonal für die kontinuierlich ansteigende Zahl von Männern mit zweifelhaftem Lebenswandel. Geld war keines vorhanden.

»Das heißt«, fragte ich ungläubig, »dass diese Männer direkt in die Abteilung Vision aufsteigen? Ohne Assessment der exklusiven Art?«

So war es. Kein Korbflechten für die Männer. Sie mussten nicht Punkte sammeln, von ihrem Leben davor erzählen, sich Demütigungen gefallen lassen, immer mit der Drohung vor Augen, im Souterrain zu landen, wo ihnen eine Aufsicht einfeuerte. Sie waren Profiteure eines ungerechten Systems, das ihnen den Weg ins Paradies ebnete, ohne dass sie sich dafür zusätzlich qualifizieren mussten.

»Jetzt regen Sie sich doch nicht so auf«, sagte Mister John, »dafür landen insgesamt mehr Männer als Frauen auf direktem Weg im Souterrain.«

Das interessierte mich nicht. Ich dachte an die Frauen in unserer Abteilung Supervision F, die Körbe flochten und in sich gingen, und ich fand, dass dies auch Männern gut anstehen würde. Ich würde dafür sorgen, dass sie sich den Aufstieg wieder verdienen mussten.

»Mister John«, sagte ich, »wir gründen die Abteilung Supervision M neu. Das Business hat Zukunft.«

Domenico saß am Rand des Pavillons und ließ die Beine baumeln. Vor ihm stand ein kleines Mädchen, es blickte zu ihm hoch, er sagte etwas und lächelte. Als er mich sah, winkte er. Das Mädchen wandte den Kopf, musterte mich kurz und rannte davon.

»Du vertreibst die Mädchen«, sagte er und lachte.

Er sprang herunter, streckte mir die Hand hin. »Schön, dass du kommst, Mylady. Ich darf doch du sagen?«

Sein Händedruck war angenehm, die Haut warm und trocken.

»Felicitas«, sagte ich, »nicht Mylady.«

Er lachte.

»Felicitas. Aus deinem Mund wollte ich es hören. Ein schöner Name, auch auf dem Schild, das du bei der Arbeit trägst, macht er sich gut. Gehen wir ein paar Schritte?«

Ich trippelte auf hohen Schuhen über den Kies und ärgerte mich.

»Und wer bist du?«

Er blickte mich kurz an. »Das weißt du doch.«

»Woher sollte ich?«

»Damals im Grand Hotel Kronenhof.«

»Du hast dich nie vorgestellt«, sagte ich spitz und musterte ihn von der Seite. »Und ein Schild trägst du auch nicht.«

Die gebogene Nase, der Schwung der Lippen.

»Das stimmt.«

Er lächelte und schaute zu mir.

»Du quälst dich.«

Er fasste mich kurz am Ellbogen und dirigierte mich sanft weg vom Kies.

»Zieh die Schuhe aus.«

Ich zögerte kurz, dann bückte ich mich und streifte sie ab. Das Gras war weich und tat meinen brennenden Füßen gut.

»Domenico Salatina«, sagte er, »geboren im Sternzeichen des Skorpion, aufgewachsen in Udine und Palermo, weit gereist und hochbelesen, Ökonom und Philosoph, Verfasser zahlreicher Studien zur Verträglichkeit von Globalisierung und Ethik, Professor an der Universität von Bologna, mit Hoffnung auf baldigen Ruhestand. Hast du Durst?«

»Nicht wirklich«, sagte ich, »aber ein Kaffee wäre gut.«

Er lachte und setzte sich auf eine Bank.

»Komm«, sagte er, klopfte neben sich aufs Holz.

Ich setzte mich und sah zu, wie er seine Mappe öffnete. Es gab kaltes Mineralwasser, eine kleine Flasche Sekt, dazu zwei Gläser, Oliven und getrocknete Tomaten, die wir mit Zahnstochern aus dem Öl fischten.

»Und du?«, fragte er.

»Was ich?«

»Du hast dich nicht vorgestellt.«

»Felicitas, geboren mit dem Silberlöffel im Mund, begabt und frühgefördert, Karriere als Springreiterin und Designerin von Teetassen, nebenbei Hotelfachangestellte, um den Kontakt zu den Endverbrauchern nicht zu verlieren.«

Domenico starrte mich an, gelbe kleine Punkte begannen in seinen Augen zu leuchten.

»He«, sagte er und hob sein Glas, »du bist gut. Jetzt bin ich wieder dran.«

Er erhob sich, deutete eine Verbeugung an. »Domenico Salatina, experimentierfreudig, schüchtern und forsch in einem, von der Liebe verwöhnt und verraten, ledig, kinderlos.«

Er setzte sich.

»Und jetzt du.«

Ich schüttelte den Kopf.

»Nicht mehr spielen?«

Er streifte kurz den Ring an meiner Linken.

»Schade.«

»Und Anita Myer?«

Er zog die Augenbrauen hoch.

»Ich meine, es geht mich nichts an.«

Mir war sehr heiß.

»So ist es.«

Er lachte.

»Aber dir kann ich es ja sagen: Ich habe mich von ihr getrennt.«

Ich schaute in mein Glas.

»Aber das erzähle ich dir ein andermal. Jetzt spielen wir noch eine Runde.«

Er drückte mir schwere Kugeln aus Metall in die Hände, und wir warfen sie, immer wieder, zu einem kleinen Kügelchen aus Holz. Wenn ich gut zielte, freute sich Domenico, er lachte und lobte, und ich lachte auch. Später wusch er mir am Brunnen die staubigen Hände und Füße. Zu Hause legte ich mich schnell ins Bett und schloss die Augen, damit Jürgen sie nicht sehen konnte, wenn er sich später zu mir legte. Ich hatte Angst, er würde eine Fröhlichkeit in ihnen erkennen, die nicht für ihn bestimmt war.

Auch beim zweiten Mal zitterte ich, als ich die Kette umlegte, allein in der Toilette, vor Arbeitsbeginn.

»Behalt sie bei dir«, hatte Domenico gesagt, »und wenn du bereit bist für die zweite Lektion, trägst du sie.«

Neun Tage lag die Madonna in meinem Schrank verborgen. Neun Nächte träumte ich von Kugeln und Händen, die mich korrigierten, wenn der Rücken gekrümmt, der Arm verkrampft war. Am zehnten Tag wählte ich flache Schuhe und trug kein zweites Kleid ins Büro, Lippenstift und Wimperntusche reichten. Die Stunden schleppten sich dahin. 15.45 Uhr, 16.10 Uhr, 16.50 Uhr. Wieder ging ich zur Toilette. Niemand reichte mir einen Umschlag mit der Notiz zum Treffpunkt, kein Zeichen von Domenico. Er ließ mich fallen. Neun Tage lang hatte er vergebens nach der Kette an meinem Hals gesucht. Er hatte eine andere gefunden, eine, die schneller war, die keinen Ehemann zu Hause hatte, der fragte:

»Wie war dein Tag, Feli?«

Ich hatte ein wenig berichtet, wie immer, von

lustigen Gästen, und dann den Fernseher angestellt. Ich hatte auf die bunten Bilder gestarrt und Domenico gesehen, Domenico gehört. Ich hatte Domenico gespürt, als ich mit Jürgen im Bett lag, und die Augen fest geschlossen gehalten. Jetzt stand ich nach Feierabend auf der Straße und überlegte, ob ich zum Pavillon auf dem Platzspitz gehen sollte, vielleicht wartete Domenico. Bestimmt war für ihn der Treffpunkt klar, er testete mich, ob ich es wirklich wollte, spielen mit ihm.

»Psps.«

Ich ignorierte das Zischen, ging die Straße hinunter. Wenn ich mich beeilte, war Domenico vielleicht noch im Park, ich hatte lange gezögert, Zeit verloren.

»Psps.«

Ich beschleunigte meinen Schritt, ein ekelhafter Kerl, den würde ich abhängen müssen. Nicht umdrehen, weitergehen.

»Psps. Psps.«

Wütend fuhr ich herum. Vor mir stand grinsend Domenico und zog an einer Zigarette.

»Test nicht bestanden, Mylady: Nie umdrehen, wenn so ein Schwein hinter dir ›psps‹ macht.«

»Verdammt«, sagte ich, während mir das Herz hart im Hals schlug, und ich wunderte mich über meine Wortwahl. Fluchen gehörte zur Vergangenheit. Ron fluchte und meine Mutter, seit sie ihn kannte, Flüche drangen durchs Kopfkissen an mein Ohr, vor langer Zeit.

»Felicitas«, zischte ich, »nicht Mylady.«

»Oho«, Domenico lachte spöttisch, »hab ich dich ertappt? Wohin gehst du denn so schnell? Sind wir nicht verabredet heute?«

Er trat auf mich zu und fasste nach dem Medaillon an meinem Hals.

»Sie steht dir gut, die heilige Jungfrau Maria.«

»Ich«, sagte ich, noch immer raste mein Herz, »du hast dich nicht gemeldet.«

»Aber ich bin doch da. Siehst du mich nicht?«

Er tätschelte mir die Wange.

»Aber was ist denn, Felicitas, wollen wir nicht gehen?«

Er fasste mich am Ellbogen und führte mich zwischen den Passanten hindurch.

»Was zeigst du mir heute von dir?«, fragte er.

»Ich?«

Ich erschrak.

»Nichts. Ich meine, wolltest du nicht Boule spielen?«

Er ließ mich los. »Aber nein, doch nicht immer Boule. Heute bist du dran. Ich bin gespannt.«

»Aber …«

»Lass dir Zeit.«

Etwas von mir zeigen, etwas, was ich wollte, was ich konnte, was ich gerne tat, was ich teilen wollte, mit ihm. Meine Gedanken rasten. Nichts. Es gab nichts. Was tat ich schon, arbeiten, auf dem Sofa liegen, spazieren, einen Haushalt führen, fernsehen, ab und zu in eine Bar gehen, schlafen. Mir wurde heiß. Dieser Fremde wühlte in meinem Leben, er zwang mich zu Gedanken, die ich nicht haben wollte. Er vergnügte sich auf meine Kosten. Ich sah, wie er grinste, sich freute an meinem gequälten Gesicht. Ich schüttelte seine Hand ab.

»Schau doch«, sagte er, »hier auf dem Boden.«

Ein Pfeil mit Kreide gemalt, daneben F & D, mit der gleichen Kreide geschrieben.

»F & D?«, sagte er, »das kann nur eines bedeuten. Wir sind gemeint, Felicitas, da ist unser Weg vorgegeben.«

Er zog mich weiter in Richtung des Pfeils, am Ende der Straße folgte ein zweiter, F & D, er wies nach rechts, ein dritter geradeaus.

»Schau«, rief Domenico, »wie schön sie aussehen, unsere Initialen, F & D, eckig und rund, gerade und gebogen, sie passen.«

Der Weg endete in einem Restaurant auf einem

kleinen Platz, noch nie war ich hier gewesen, ein paar Tische, wenig Leute. Wir setzten uns draußen hin, der Tisch war mit einem Punkt auf dem Boden markiert, »F & D: Zum Wohl« stand geschrieben. Ich musste lachen und hob mein Glas, das der Kellner brachte.

»Auf dich, Professor der Globalisierung.«

Domenico schrieb Theaterstücke. Seit acht Jahren saß er in Kaffeehäusern und ließ sich inspirieren von den Menschen und ihren Reden, er fuhr Bahn und hörte zu, spazierte durch Straßen und Parks, um in sich zu gehen. Dann setzte er sich an den Schreibtisch und schrieb, mit Tinte auf Papier, nie mit Computer, er hasste das Geräusch der Tasten, das hektische Klackklackklack, das sich in seinen Kopf bohrte. Seine Figuren entstanden aus schwarz geschwungenen Strichen und in vollständiger Ruhe. Sie lernten gehen und denken, sie sagten ihre Sätze, sie fügten sich zum Drama wie von selbst. Mit leuchtenden Augen berichtete Domenico davon, wie er seine Figuren begleitete, die herrschsüchtige Frau des Hauses in die Schranken wies, wenn sie überbordete, den schwachen Mann stärkte, die Tochter zum Aufstand ermunterte. Manchmal entglitt ihm eine Figur, sie redete dann endlos, ohne dass er sie zu stoppen wusste, während Wochen. Oder sie schwieg und zog sich zurück, nahm die anderen mit sich und ließ Domenico alleine am Schreibtisch zurück. Dann war eine Pause angesagt, er musste aufstehen und in

Kaffeehäuser gehen und Bahn fahren, spazieren und zusehen, was die Menschen so taten. Einsam war seine Arbeit, er saß allein und ging allein, und als ich mir das vorstellte, streckte ich meine Hand über den Tisch und fuhr ihm übers Haar. Die Locken waren fest und weich zugleich. Mir wurde heiß, erschrocken zuckte ich zurück, umfasste mein Glas mit beiden Händen. Er blickte auf und lächelte, berührte flüchtig meine Hand. Leider war bisher keines seiner Stücke an einem Theater aufgeführt worden. Zweimal war er an Regisseure getreten, einfach so, ohne Beziehungen, denn solche hatte er keine vorzuweisen. Die Regisseure zogen andere Stücke vor, leichte, lustige, sie schielten auf die Massen, die nach der Arbeit müde ins Theater kamen und nicht denken wollten, bloß schauen und lachen. Domenico schrieb weiter, getrieben von Figuren, die ins Leben hinaus wollten, auf seine Kosten, zu seiner Freude auch. Nichts war so schön, wie am Schreibtisch zu sitzen und schwarz geschwungene Striche aneinanderzureihen. Sein Glück war perfekt, wenn die Figuren Sätze sagten, die sich wie von selbst zum Drama fügten. Die gelben Punkte in Domenicos Augen blitzten, er schaute an mir vorbei in die Ferne. Nichts war so schön wie am Schreibtisch zu sitzen. Er hatte etwas. Ich hatte nichts.

»Schön für dich«, sagte ich, »und womit verdienst

du das Geld für das Dach über dem Schreibtisch? Und essen musst du, nehme ich an, auch ab und zu? Gibt es da allenfalls großzügige Mäzeninnen?«

Er richtete den Blick auf mich, die gelben Punkte verschwanden. Den letzten Satz wollte ich mir verbeißen, er war mir herausgerutscht, so wie die Flüche. Domenico weckte eine Aggression in mir, die ich nicht kannte.

»Mylady, ich bin erstaunt. Zuerst streichelst du, dann schlägst du mich. Und wie ich esse! Das lernst du noch kennen.«

Er streckte mir seine ausgestreckte Hand entgegen.

»Siehst du das?«

Ich starrte auf die grünblauen Adern, die langen Finger.

»Fliesenleger, Mylady, ist mein Beruf.«

Fliesenleger lernte er mit achtzehn Jahren, nachdem er das Gymnasium verlassen musste. Er war als Tod aufgetreten, im schwarzen Gewand mit Sense, nach einer Zehnuhrpause im Schulzimmer. Er wollte auf das begrenzte Erdendasein hinweisen, gegen Oberflächlichkeit kämpfen, das dürftige Bewusstsein der Mitschüler erweitern.

»Mit dem Tod sei nicht zu spaßen, befand die Schulleitung.«

Domenico leerte sein Glas.

»Dabei spaßte ich nicht, ich drohte.«

Beim Fliesenlegen presste er seinen freien Geist in gerade Fugen. Er verlegte ordnungsgemäß und exakt, ruhige Hände und ästhetisches Empfinden halfen ihm dabei. Abends experimentierte er mit Naturstein und Keramik. Bald schon führte er eine Dokumentation seiner neuesten Werke mit sich, zeigte sie interessierten Hausherren. Manch entzückte Hausherrin kaufte eine Figur, eine Galeristin förderte ihn. Sein Arbeitgeber entließ ihn, weil ihm das Treiben zu bunt wurde. Domenico wandte Platten und Naturstein den Rücken zu und begann zu schreiben. Nebenher verdiente er sein Brot als Hilfspfleger im Spital. Er leerte Töpfe und Flaschen, bezog Betten neu, servierte Mahlzeiten und dazwischen Tee auf Verlangen. Manchen Sommer verbrachte er im Freibad, saß an der Sonne und beaufsichtigte das große Becken mit Männern und Frauen und Kindern, die kreischten.

»Inspiration für den Schreibtisch«, sagte Domenico, »und bringt zudem Geld für das Dach über dem Kopf. Bloß für den Wein hier reicht es nicht mehr. Willst du meine großzügige Mäzenin sein?«

Mir stieg das Blut in den Kopf, als er lachte. Er wollte nicht mehr aufhören damit. Er lachte auch noch, als er den Kellner herbeiwinkte und bezahlte. Dann strich er mir über die Wange und sagte:

»Entschuldige bitte, Felicitas. Das war ein Scherz.«

Wir standen auf und gingen die Pfeile entlang zurück, F & D las ich wieder, die weiße Kreide hielt sich gut. Die Initialen sahen schön aus, eckig und rund, gerade und gebogen, sie passten. Als Domenico meine Hand nahm, ließ ich sie in seiner liegen. Wir gingen durch die Straßen. Meine Hand brannte, der Arm, mein Kopf. Ich vergaß Jürgen, die Leute, die uns sehen konnten. Feli mit einem fremden Mann, Hand in Hand, ohne zu reden, ohne etwas zu sehen. An der Haltestelle ließ Domenico mich los, als sich die Tür des Busses zwischen uns schob. Er stand draußen vor dem Fenster, wir schauten uns lange an. Dann fuhr der Bus ab.

Mister John fürchtete den großen Arbeitsaufwand, den wir uns mit einer Abteilung Supervision M aufhalsen würden. Er ließ es aber zu, dass ich ein Konzept ausarbeitete und ihm vorstellte. Wir würden Geld verdienen und dafür sorgen, dass die übervolle Abteilung Vision weniger Zuwachs erhielt. Dazu brauchten wir Kunden aus der Elektronikindustrie, die Interesse an einem sauberen Image hatten, und fleißige Arbeiter, die für Gottes Lohn Elektroschrott zerlegten. Meine Ideen überzeugten ihn. Wir übten gemeinsam die Präsentation, die er vor dem Boss hielt, und als er zurückkam, strahlte er.

»Bingo, Felicitas, der Boss ist begeistert von meinen Innovationen. Wir können starten!«

Zwei Elektronikfirmen bissen an. Andere wechselten später zu uns, als sie unsere Dumpingpreise sahen. Wir boten ihnen hervorragenden Service: Die Abteilung Ideal Recycling M entsorgte Elektroschrott garantiert umweltgerecht und günstiger als andere Anbieter. Die Firmen waren so vom Verdacht befreit, die ausgediente Ware in der Dritten Welt zu deponieren, und konnten ihre saubere Weste marketingmäßig einsetzen.

Unsere Angestellten zweigten wir vom Strom der Männer ab, die sich auf dem Aufstieg in die Abteilung Vision befanden, trotz zweifelhaftem Lebenswandel, und sich ins Fäustchen lachten. Früher fälschten sie Dokumente und Schecks, sie strichen hohe Boni ein, hinterzogen Steuern, betrogen arme Schlucker um ihre Renten, hintergingen ihre Frauen. In der Abteilung Ideal Recycling M verging ihnen das Lachen. Sie saßen an langen Tischen und zerlegten die Errungenschaften unserer Zivilisation: Computer, Drucker, Playstations, Handys, Wecker, Laptops, Bildschirme, Kaffeemaschinen, Fotoapparate, Faxgeräte, Elektrobohrer, Rührgeräte. Arbeit für flinke Männerfinger, keine Maschine vermochte das zu tun, was sie hier schafften. Unsere gute Leistung sprach sich herum. Bald meldeten sich neben Firmen auch überlastete Recyclingstellen, die ihren Schrott loswerden wollten. Ich riet Mister John, sich die zerlegten Teile angemessen bezahlen zu lassen. Er sträubte sich erst dagegen, wollte die Ideal Recycling M nicht dem Kommerz verpflichtet wissen, schließlich hieß sie »Ideal«, und die Männer arbeiteten für Gottes Lohn. Ich hielt den Wert dagegen, den einfache Arbeit für unsere Klienten hatte, sorgfältige Handgriffe brachten sie von Neuem in Kontakt mit sich selbst, konkrete Materie erdete sie. Hier kamen sie zur Ruhe nach einem gewinnorientierten Leben, hier wurde auf ihr Bedürfnis nach Kontinuität und Sicherheit geachtet. Mister John warf mir einen langen Blick zu und setzte sich hinter seinen großen Schreibtisch. Das tat er immer mehr, ich hörte kaum noch seine quietschenden Sportschuhe. Er ließ mich gewähren, seinen verdienten Ruhestand erwartend. Mir war es recht.

Jürgen merkte nichts.

»Wie fröhlich du bist, Feli«, sagte er. »Geht es besser im Widder?«

Mein schlechtes Gewissen wischte ich weg, indem ich aufmerksam war. Ich hörte ihm zu, wenn er von Statik sprach, mir Risiken und Pläne darlegte.

Zum ersten Mal verstand ich, was ihn täglich umtrieb, wie folgenreich es sein konnte, wenn er Zahlen falsch setzte. Brücken konnten einstürzen und Dächer über Menschen zusammenfallen. Ich massierte seinen verspannten Nacken, und er sah zu mir hoch und sagte: »Ich liebe dich, Feli. Wann holen wir die Flitterwoche nach?«

Ich erfand viel Arbeit im Widder Hotel, die ich zu erledigen hatte. Die Lüge überdeckte ich mit aufwendigen Menüs, die ich für Jürgen kochte. Ich erfreute ihn mit Filet Stroganoff und Süppchen aus Zanderschaum, mit Kalbskoteletten und Kartoffelstock, Krabben nach Auroras Art. Wenn er nach meinem Tag fragte, erzählte ich lustige Geschichten, die ich noch ein bisschen ausschmückte. Jürgen merkte nichts.

»Wie fein du kochst, Feli«, sagte er. »Reichst du mir bitte den Kartoffelstock?«

Wenn er mich streichelte, stellte ich mir vor, es sei Domenico. Wenn ich aufwachte, lag ich neben Domenico, so lange, bis die Träume vom Tageslicht vertrieben wurden. Aurora war nicht zufrieden.

»Vergiss den Kerl«, sagte sie. »Du gefährdest deine Ehe.«

»Aber ich tu ja gar nichts«, widersprach ich.

Die Träume erfüllten mich fünf Tage, dann wurde ich unruhig. Ich holte die Kette aus dem Versteck, trug sie mit mir, in der Jackentasche, fühlte ihr warmes Metall zwischen meinen Fingern. Abends war ich erleichtert und ein wenig stolz auf mich, wenn ich sie wieder nach Hause brachte, ohne sie umgehängt zu haben, in der Pause, auf der Toilette. Am Empfang wartete ich auf Domenico. Vielleicht würde er kommen, ohne mein Zeichen. Vielleicht würde er mir die Entscheidung abnehmen.

»Mylady«, würde er sagen, »ich muss dich sehen. Leg die Kette an, jetzt, sofort.«

Und ich würde es tun. Aber er kam nicht. Ich zählte die Tage. Fünfzehn, sechzehn. Panik erfasste mich. Er hatte die Geduld verloren, was sollte er warten. An jedem Finger konnte er eine haben, Domenico mit den schönen Locken. Ich würde ihn nie mehr sehen. Was hatte ich ihm zu bieten? Was tat ich schon, arbeiten, auf dem Sofa liegen, spazieren, einen Haushalt führen, fernsehen, ab und zu in eine Bar gehen, schlafen. Was sollte ich ihm zeigen? Meine Arbeit kannte er. Sollte ich ihm lustige Geschichten erzählen, wie ich es mit Jürgen tat? Interessierte ihn meine Mutter, die von einem Entzug zum anderen lebte, in einer Zweizimmerwohnung, und Ron nachtrauerte, der auf und davon gegangen war? Sollte ich über Ron berichten und seine Prügel? Über einen Vater, den ich nicht kannte? Über Gustav und Aurora, die unter der Erde lagen? Über Onkel Hannes und Onkel Jan, die weit weg lebten mit ihren blonden Kindern? Oder sollte ich ihm von Jürgen erzählen und seiner Liebe, die mir Ruhe gab? Meine Kehle wurde eng, ich murmelte eine Entschuldigung und eilte zum Hoteleingang. Frische Luft. Draußen war es warm, Paare gingen vorbei, Mütter mit Kindern, sie redeten und lachten. Ich stand und weinte und konnte nicht mehr aufhören damit, strich die Tränen mit bloßen Händen von den Wangen, wischte sie am Rock ab.

»Was ist denn?«, fragte eine Kollegin.

Ich ging an ihr vorbei zur Toilette. Lange stand ich vor dem Spiegel, starrte in meine roten Augen.

Dann holte ich die Kette aus meiner Jackentasche und legte sie um.

»Jürgen«, sagte ich, »es tut mir leid.«

Eiaeia, was haben wir denn da?«

Sanft strich er mir über die Augen. »Schau, ich hab dir was mitgebracht. Das hilft gegen Kummer.«

Er drückte mir einen Schokoriegel in die Hand. Ich wollte ihn in die Tasche schieben, aber er hinderte mich daran.

»Jetzt essen. Sofort. Du brauchst Kraft für heute.«

Ich zerbiss süßes Karamell und betrachtete ihn von der Seite. Er war leicht gebräunt und rasiert, die Locken waren etwas kürzer, offenbar hatte er sie schneiden lassen.

»Sieh mal«, sagte er und hielt mir die Zeitung unter die Nase, in der er geblättert hatte, »Arsenal hat gewonnen.«

»Du interessierst dich für Sport?«

Ich war erstaunt.

»Nein«, sagte er und lachte, »das war ein Scherz.«

Wir saßen in der Straßenbahn. Als ich aus dem Hotel getreten war, stand Domenico schon da, die Mappe in der Hand, eine Zigarette im Mund. Er hatte gelächelt und mich bei der Hand genommen, ohne etwas zu sagen. Erst an der Haltestelle hatte er gesagt:

»Schön, dich zu sehen, Felicitas. Heute fahren wir Straßenbahn.«

Ich hatte bloß genickt, froh darum, dass er die Vorgaben machte, nichts von mir wollte, keine Programmvorschläge, keine Ideen. Ich war erschöpft vom Weinen, hatte gehofft und gezweifelt bis Arbeitsschluss. Was, wenn er käme. Was, wenn er nicht käme.

»Wohin fahren wir?«

Er sah von der Zeitung auf.

»Zu mir.«

Ich erschrak. Noch konnte ich aufstehen und zur Tür gehen, an der nächsten Haltestelle aussteigen. Noch konnte ich sagen, dass ich mich irren würde, dass ich nach Hause wollte, warten auf Jürgen. Ich blieb sitzen. Bis mich Domenico von der Bank zog und die Stufen hinunterführte, in eine Straße mit bunten Häusern. Wir gingen in einen Hinterhof, in ein Haus mit langem Korridor. Die letzte Tür schloss er auf und ließ mich eintreten.

»Willkommen.«

Ein großer Raum mit Tisch und Stühlen und einem Kochherd, alte Küchenschränke mit Glasscheiben, gelb bemalt. Ein Sofa mittendrin, Stapel von Büchern und Zeitschriften. Überall standen bunte Figuren, große und kleine, aus Keramik weich geformt, zum Teil versehen mit kantigen Bruchstücken alter Fliesen. Sie starrten aus dunklen Höhlen, sie zwinkerten aus Schlitzen, winkten mit kleinen Stümpfen, lachten aus zahnlosem Mund. Ich stolperte über Schuhe, als ich näher ging, um die Wesen zu betasten, ihre kühle Haut, Ecken und Kanten.

»Felicitas, das ist Edi«, Domenico wies auf den kleinen Kerl vor mir, »Edi, das ist Felicitas. Wie schön sie ist, siehst du sie?«

Edis kleine Glupschaugen schauten zu mir hoch, während ich Domenicos Lippen an meinem Ohr spürte, seinen warmen Atem, als er flüsterte:

»Lass den Edi sein, Mylady. Komm mit mir.«

Mit steifen Beinen stakste ich hinter ihm her, als er mich zum Bett führte, hinter den Paravent aus Figuren. Er setzte mich auf die Bettkante, nahm meine kalten Hände in seine und rieb sie sanft, knetete die Finger, küsste sie, drückte mich sanft ins Kissen. Dann wurde es warm und feucht und weich, ich wollte mich wehren, sie zurückziehen, aber er behielt meine Finger im Mund, biss und koste und lutschte. Ich zog ihn an seinen Locken, er ließ mich los und lachte heiser, ganz nah und gelb waren seine Augen, als er sagte:

»Zieh dich aus, Mylady. Bloß sie hier«, er fasste in meinen Ausschnitt und fuhr mir mit dem Medaillon sanft über die Lippen, »darfst du noch tragen.«

Wir sahen uns, wann immer es passte. Ich bezog meine freien Tage unter der Woche, wenn Jürgen arbeitete, und besuchte Domenico. Ich schlich mich zu ihm, wenn Jürgen bis in den Abend hinein zu tun hatte oder mit Geschäftskollegen aß. Die Kette mit der Madonna blieb bei Domenico. Wenn ich sie spüren wollte auf Lippen, Hals und Brüsten, wenn sie mich kitzeln sollte an Scham und Schenkeln, stieg ich in die Straßenbahn. Domenico empfing mich mit Tee, Wasser und Wein, und später schaute Edi uns zu, wenn wir in den weichen weißen Kissen lagen. Wir streichelten, kitzelten, bissen und kratzten, wir schrien und flüsterten, wir umklammerten und ließen voneinander. Wenn Domenico mich berührte, stellten sich meine Haare, meine Hände wurden klamm, die Wangen heiß. Ich glühte, netzte die Kissen mit Schweiß und Saft und Tränen, und Domenico fügte das seine hinzu. Dazwischen rauchte er. Oder stand am Fenster zum Hof und blickte hinaus, ich sah ihm zu, unter Decken vergraben. Ab und zu aßen wir, saßen am Tisch und tranken Wasser, und Domenico lehrte mich Bierdeckel fangen. Manchmal ruhten wir, ich nickte ein, den Kopf in seine Armbeuge gelegt, und schreckte auf, wenn es Zeit war, zu gehen. In der Straßenbahn roch ich an meinen Händen und schloss die Augen. Zu Hause wusch ich mir Domenicos Geruch vom Leib, bevor ich Jürgen empfing. Jürgen merkte nichts. Er freute sich über die vielen Ausflüge, die ich plötzlich unternahm, er lobte mein Interesse für die Natur, die gute Hautfarbe, die ich von meinen langen Spaziergängen mitbrachte. Wenn meine Zeit zum Kochen nicht mehr reichte, führte er mich zum Abendessen aus, und wenn ich vor dem Fernseher einschlief, trug er mich ins Bett. Mein schlechtes Gewissen war groß geworden. Kalbskoteletten und Kartoffelstock für Jürgen reichten nicht mehr, es wegzuwischen. Ich hielt meine Liebe dagegen. Sie reichte für zwei Männer. Sie strömte aus meinem Herzen mit einer Kraft, die ich nicht kannte. Warum sollte ich sie bremsen? Sie machte mich glücklich und Jürgen dazu, den meine neue Leidenschaft erfreute. Wie kleinlich meine Liebe bisher war. Wie kontrolliert ich immer vorging. Ich vergab keine Zuneigung, ohne das Gegenüber zu prüfen: Gebe ich angemessen, ist er es wert? Kriege ich genug zurück? Bisher liebte ich mit Angst, fürchtete den Rückschlag, zeigte wenig von mir. Und jetzt war meine Liebe groß und stark. Sie reichte für drei. Ich liebte mich und meine beiden Männer. Nichts davon ließ ich mir wegnehmen, auch nicht von Aurora.

»Du betrügst deinen Mann«, sagte sie, »und dich.«

»Aber was soll ich denn tun?«

»Sag es ihm.«

Ich würde Jürgen von einem fremden Mann erzählen, der in mein Leben getreten war. Ein schreibender Fliesenleger, der auch Bademeister und Hilfspfleger war. Einer, der mich weich machte und spielen lehrte. Jürgen würde blass werden, weinen, toben, fragen. Ich müsste von den Nachmittagen im Bett berichten und den Wettrennen, die ich mit Domenico um den Block lief. Ich müsste gestehen, dass es bereits seit einem halben Jahr so lief, und ihm sagen, wie sehr ich beide Männer wollte. Ich würde flehen, bitten, zusammenbrechen. Hören, wie die Tür hinter Jürgen ins Schloss fällt. Dann warten auf ihn, ein gutes Wort, den Druck seiner Hände auf meinen Schultern. Ich würde den Brief seines Anwalts erhalten, ausziehen aus der hellen Wohnung, seinen verachtenden Blick im Rücken.

»Nein. Niemals«, sagte ich.

Mister John konnte mir keinen Termin beim Boss verschaffen.

»Chancenlos, Felicitas«, sagte er, »für niedere Kader.«

Ich ballte die Faust in der Tasche und gab mich mit dem Besuch in der Abteilung Vision zufrieden. Mister John hatte die Sondererlaubnis erhalten, uns für eine Besichtigung anzumelden. Oft hatte ich mir ausgemalt, was ich dort vorfinden würde, und verbot mir kitschige Bilder, die sich einschlichen: glückliche Menschen, die sich mochten und einander in Ruhe ließen, wenn es geboten war. Sie spazierten und pflückten Beeren, hielten ihr Gesicht in die Sonne und badeten in klaren Bächen. Aurora würde dabei sein. Sie würde auf mich zustürzen und mich festhalten, später würde sie mir die Figuren aus Ton zeigen, die sie für mich geformt hatte. Was ich dann in der Abteilung Vision sah, als wir nach diversen Türschließsystemen in eine große Halle geführt wurden, war ernüchternd. Männer und Frauen standen in Gruppen und schwatzten, sie räkelten sich in weichen Sesseln, ein Glas in der Hand. Die Frauen waren gut erhalten und lächelten aus straff gezogenen Gesichtern. Sie achteten auf ihre Linie und erzählten von früher. Die eine hatte fotografiert, die andere Kindermode kreiert, eine war als Webdesignerin tätig. Die Männer an ihrer Seite trugen rosarote Hemden und goldene Uhren, sie rauchten Zigarren und lachten.

»Die Lounge«, sagte Mister John, »früher gab es Prosecco à discrétion.«

In weiteren Sälen saßen Menschen mit Kopfhörern, sie starrten in Bildschirme vor sich, klickten sich durch Welten.

»Für Kreativität«, sagte Mister John, »ist viel Raum vorhanden.«

Ich sah schwitzende Frauen und Männer auf Fitnessgeräten, sie radelten an Ort und ruderten Dutzende von Kilometern, fix installiert auf dem schwarzen Kautschukboden. Pochende Musik begleitete sie, im Saal nebenan brüllte eine Instruktorin Anweisungen für ältere Frauen, die im violetten Dress auf- und abhüpften.

»Gesunder Körper zum wachen Geist«, sagte Mister John, »Krankheitskosten kann sich die Abteilung Vision nicht leisten.«

Wir schauten in einen dunklen Saal. Filme flimmerten auf Bildschirmen, für jeden, der dort in weichen Polstern lag und den Stimmen in seinem Kopfhörer lauschte, einen. Dann schritten wir durch lange Korridore und Großraumbüros mit kleinen abgetrennten Nischen. Tastaturen wurden bearbeitet, hektische Telefongespräche geführt.

»Hier können sie ihre alten Netzwerke wieder aktivieren«, sagte Mister John, »das Zwischenmenschliche wird bei uns großgeschrieben.«

Er nickte den Männern zu, die ihn nicht beachteten.

»Siehst du, wie erfüllt sie von ihrer Tätigkeit sind? Kürzlich hat die Abteilung beschlossen, nochmals zwei Lounge-Räume in Büros zu verwandeln.«

Er fasste mich am Ellbogen und sagte leise:

»Unter uns gesagt: Wir sind auf die Einnahmen angewiesen. Die Abteilung kann ihre Leute nicht ohne Gegenleistung durchfüttern, diese Zeiten sind vorbei.«

Ich hatte genug gesehen. Meine Hoffnung, Aurora je wieder zu finden, zerschlug sich. Aurora hatte den Himmel verdient. Und die Abteilung Vision war weit davon entfernt. Da konnten sie mir vormachen, was sie wollten.

Die rote Rose stand auf dem Tisch, als wir Wein tranken. Domenico erzählte vom Geschrei der Kinder, das ihn zunehmend quälte, von der Hitze, die ihm Kopfschmerzen bereitete, übergewichtigen Menschen, die seine Augen beleidigten. Er führte die Übel des Broterwerbs im Allgemeinen auf, und ich hörte nur halb hin, weil ich die Punkte kannte und müde war von einem anstrengenden Tag mit meinen Gästen und ihren Wünschen. Ich betrachtete die Rose, die langstielig und üppig in einer Flasche stand, und wunderte mich ein wenig, dass Domenico sie mir nicht gleich bei meinem Eintreten in die Hand gedrückt hatte. Früher hatte er das getan, mich mit kleinen Gaben überrascht, einem vierblättrigen Kleeblatt, das er gefunden hatte, einem Glas aus der Bar, in der wir uns manchmal trafen. In den letzten Wochen tat er das weniger, das fiel mir erst jetzt auf, als ich die samtenen Blütenblätter betrachtete. Domenico war bei den Schwierigkeiten eines Bademeisters im Speziellen angelangt. Ich wurde unruhig, schielte auf die Uhr. Meine Zeit hier war begrenzt und zudem seltener geworden. Auf Anraten Domenicos hin hatte ich meine Besuche bei ihm reduziert, um Jürgen nicht argwöhnisch zu machen.

»Du bist mir zu kostbar, Felicitas«, hatte er gesagt und mein Gesicht und die Hände mit Küssen bedeckt, »als dass ich dich an einen eifersüchtigen Ehemann verlieren möchte.«

Ich hatte meinen Einwand geschluckt und wartete auf unsere Treffen. Von Tag zu Tag träumte ich mich, bis es wieder so weit war, dass ich an seine Tür klopfen konnte.

»Felicitas!«

Ich schreckte auf.

»Du hörst mir nicht zu, Mylady, das gefällt mir nicht.«

Er schüttelte den Kopf. Ich wartete auf das Lachen und den Griff nach meiner Hand, den Kuss auf die Finger. Er lachte nicht.

»Zieh dich aus«, sagte er.

Sein Ton war ungewohnt grob. Ich zögerte.

»Jetzt sofort«, sagte er.

Langsam erhob ich mich, verunsichert und erwartungsvoll. Ich wollte zum Bett gehen, in unsere weiche Burg aus Kissen. Er sprang auf und riss mich am Arm zurück.

»Hier.«

Meine Hände zitterten ein wenig, als ich mich

auszog, meine Wangen brannten. Es war ein neues Spiel, er zwang es mir auf, und ich machte mit, begierig darauf, seine Hände zu spüren. Es schmerzte, als er meine Hände auf den Tisch presste und mich stieß, von hinten, bis ich weich wurde und nass und schrie, wie er es liebte. Danach tätschelte er mir den Hintern und sagte:

»Brav, Mylady, so ist es recht.«

Er redete, während ich mich anzog, und als er mir in die Jacke half, konnte ich mich nicht mehr zurückhalten.

»Und die hier«, sagte ich und wies auf die Rose, »von wem ist die?«

Er blickte erstaunt, dann sprang er zur Vase, neigte sich vor, packte den Stiel mit den Zähnen, zog ihn sachte aus der Flasche. Dann kniete er vor mich hin, bedeutete mir, die Blume zu nehmen. Ein Dorn ritzte ihn, als ich ihm die Rose aus dem Mund riss, blutig glänzten seine Lippen. Als ich in der Straßenbahn saß, kostete ich seinen Kuss. Er schmeckte bitter.

Ein paar Tage später lag ein Tier unter Domenicos Bett. Es fixierte mich mit grüngelben Augen, als ich meine Strümpfe suchte. Schwarz und feindlich lag es im Staub, ein Panther mit großen Pfoten und weichem Fell. Er war nicht für mich bestimmt. Domenico zog ihn nicht unter dem Bett hervor und streichelte mich mit den samtenen Pfoten. Ich wartete darauf, das nächste und übernächste Mal, als ich bei ihm lag, verkrampft und bemüht, die schlechten Gedanken aus meinem Hirn zu bannen. Das Tier schlich sich in meine Träume. Groß und schwarz stand es über mir und fletschte die Zähne. Wenn ich schreiend erwachte, wusste ich es: Der Panther war das Geschenk einer Frau. Wie sonst kam ein Mann dazu, ein Tier aus Plüsch unter dem Bett zu halten. Ich beobachtete Domenico, überprüfte seine Reden und Gesten, legte Maß an und zog Vergleiche zu früheren Tagen. Manchmal fasste er mich am Kinn, schaute mir lange in die Augen und sagte:

»He, Mylady, was ist denn mit dir? Kein guter Tag heute?«

Dann warf ich mich in seine Arme und schämte mich meiner Verdächtigungen. Domenico war wie immer. Er steckte mir Süßigkeiten zu, entführte mich zu Spaziergängen, überraschte mich mit neuen Spielen. Ich versuchte, mich zu entspannen, rechnete die Stunden nach, die ich mit Misstrauen vergiftet hatte, und gelobte Besserung. Bis zu dem Tag, an dem jemand anrief, als er am Fenster stand und rauchte, und ich unter Bettdecken vergraben lag. Das Gespräch war kurz, er redete zum Fenster hinaus, ich verstand kein Wort. Noch nie hatte jemand angerufen, wenn ich bei ihm war, er hatte kaum Freunde, arbeitete viel.

»Wer war das?«, fragte ich.

»Entschuldige bitte, hat er dich geweckt?«

Er drückte die Zigarette in den Aschenbecher und schloss das Fenster.

»Wer war das?« Mein Herz raste.

»Mein alter Freund Leon«, sagte er und wusch die Hände, »er kann sich wieder einmal nicht entscheiden.«

»Dein Freund Leon?«

»Hab ich dir nie von ihm erzählt?«

Er setzte sich auf den Bettrand, zog die Decke sachte von meinen Schultern.

»Also, Leon ist einer von denen, die immer

im falschen Moment anrufen. Was haben wir denn da?«

Er berührte meine Brust. Ich wollte etwas fragen, mich nach den Schwierigkeiten und dem alten Freund erkundigen, von dem ich noch nie gehört hatte. Aber dazu kam es nicht mehr. Ich fühlte etwas Weiches an meinem Fuß, es kitzelte ein wenig. Ich fuhr auf und schlug die Bettdecke zurück. Da lag ein Höschen, rot und glänzend, wie ich es nie in meinem Leben tragen würde.

Ich kannte mich nicht mehr. Ich schrie, weinte und tobte, ich schlug Domenico mit meinen Fäusten, riss das Höschen in Fetzen. Als ich zusammenbrach, trug mich Domenico in die Badewanne und duschte mich warm und lange, bis mein Schluchzen verebbte. Er trocknete mich und half mir in die Kleider, setzte mich an den Küchentisch, gab mir Wasser.

»Felicitas«, sagte er und nahm meine Hand, »es tut mir leid.«

»Wieso«, flüsterte ich.

»Es bedeutet nichts«, sagte er, »sie bedeutet nichts.«

»Aber wieso denn.« Mein Hals schmerzte vom Schreien.

»Ein Ausrutscher«, sagte er.

»Ich verstehe nicht.« Wieder kamen Tränen.

»Ach ja?«, sagte er und sprang auf, meine Hand fiel auf den Tisch zurück. »Das verstehst du nicht, was? Du machst eine verdammte Szene, weil ich ein Mal mit einer anderen Frau geschlafen habe, ein Mal in acht Monaten, und was machst du?«

Er schüttelte mich an den Schultern, meine Zähne klapperten.

»Du gehst heim zu deinem Jürgen ins traute Ehebett, genießt trauten Ehesex, lässt dir den Rücken kraulen und bist stolz auf dein wildes Leben. Du fühlst dich deinen Kolleginnen überlegen, jeden Morgen denkst du, ›Ha, wenn die wüssten‹, du besserst deine biedere Bürgerlichkeit auf mit einem Fliesenleger, der sein Leben der Kunst verschrieben hat. Du schneidest dir ein Stück von seiner Freiheit ab, und wenn er nicht so lebt, wie es dir gefällt, greifst du zu den Waffen einer Frau: weinen und schreien, toben und schluchzen und dann zusammenbrechen, und wenn die Kräfte reichen, vorher ein bisschen zuschlagen.«

Domenico ließ meine Schultern los und umrundete in großen Schritten das Sofa, sich eine Zigarette anzündend.

»›Aber wieso denn‹, flüsterst du, und ich sage dir: Weil du zu Jürgen rennst und mich alleine hier zurücklässt. Da staunst du, was? Daran hast du noch nie gedacht, dass es mir etwas ausmachen könnte, dich in den Armen von Jürgen zu sehen? Zu wissen, dass du für ihn da bist, wenn er dich braucht? Und ich?«

Er blieb kurz vor mir stehen, starrte auf mich herunter, seine Augen waren schwarz.

»Ich bleibe hier zurück, auf Abruf, ich warte, ich richte mich nach deinem Arbeitsplan, den Geschäftsessen deines Mannes, ich zeige Verständnis für Absagen.«

Wieder ging er Runden ums Sofa, blies heftig Rauch aus.

»›Ich verstehe nicht‹, sagst du, und ich sage dir: Weil ich nicht immerzu daran denken wollte, was du mit Jürgen zu Hause machst, traf ich ein einziges Mal eine Frau, von der ich nicht mehr weiß, wie sie aussah.«

Die Tränen blieben mir stecken. Ich saß still und versuchte zu verstehen. Domenicos Worte hallten in mir nach, ich drehte und wendete sie, noch Tage danach. Ich war nach Hause gefahren, nachdem wir das rote Höschen gemeinsam verbrannt und uns dann umarmt hatten, ganz fest. Ich schluckte jeden weiteren Vorwurf, ich strich die fremde Frau aus meinem Gedächtnis und dachte an Domenico, der meinetwegen leiden musste. Ich prüfte meine biedere Bürgerlichkeit und kam zum Schluss, dass ich feige war. Ich schob eine Entscheidung auf die lange Bank, die fällig war, und strapazierte Domenicos Gefühle. Er würde ein zweites Mal eine Frau treffen, ein drittes Mal, und nach dem vierten Mal würde sie bleiben, an meiner Stelle. Er würde mich nach Hause schicken, zu Jürgen, mit kaputtem Herzen. Ich würde Jürgens liebe Worte nicht mehr ertragen, seine sanften Hände, ich würde liegen und weinen und langsam verenden auf dem Sofa an der Sonne.

»Tu's nicht«, sagte Aurora.

»Ich betrüge ihn nicht länger«, sagte ich, »das wolltest du doch.«

Domenico blickte erstaunt, als ich vor seiner Tür stand.

»Für immer«, sagte ich und wies auf meinen Koffer, »den Rest hole ich später nach.«

»Ich glaube«, sagte er und nahm mich in den Arm, »du reichst fürs Erste.«

Wir lebten glücklich miteinander. Ich ging zur Arbeit, und wenn ich abends nach Hause kam, standen Spaghetti, Käse und Brot auf dem Tisch, dazu Wasser und Wein. Domenico schöpfte für mich, drehte mir Spaghetti auf die Gabel und erzählte von seinen Streifzügen durch die Stadt, von alten Männern und kleinen Kindern, kranken Tauben und kaputten Bankern, einsamen Frauen und Hunden. Er breitete Ideen für Geschichten aus, prüfte und verwarf sie wieder.

Er stellte mir Fragen, und wenn ich eine Antwort gab, fiel ihm der nächste Gedanke ein. Er unterbrach mich, fasste meine Hand, während er weiterredete, schnell und begeistert. Ich schwieg und aß, dann trank ich Wein, bis Domenico sagte:

»Du sagst ja gar nichts, Felicitas, bestimmt bist du

müde von deinem langen Tag. Komm, ich trage dich ins Bett.«

Im Bett weckte mich Domenico, er küsste und biss und rieb mich, bis ich schrie, und dann war ich dran und dankte es ihm. Morgens riss mich der Wecker aus tiefem Schlaf. Die ersten Tage tastete ich nach Jürgen und erschrak, als ich Domenico zu fassen kriegte. In der Straßenbahn träumte ich weiter, und im Widder Hotel zählte ich die Stunden, bis ich wieder nach Hause durfte. Nach Hause. Die ersten Tage schlug ich den Weg zu Jürgen ein, nach ein paar Schritten erst wendete ich.

Jürgen hatte neben mir gestanden, als ich den Koffer packte.

»Aber«, sagte er, und eine Träne rann ihm über das Gesicht.

»Aber«, sagte er, als ich den Koffer vom Bett hievte und zur Tür ging.

»Feli«, rief er, als ich beim Aufzug stand und mich am Griff festklammerte, um nicht zu fallen.

»Nein!«, schrie er, als die Tür des Taxis hinter mir zuschlug. Im Rückspiegel sah ich, wie er auf der Straße stand, mit dem Brief in der Hand, den ich ihm geschrieben hatte. Über Stunden formulierte ich Sätze, die abgeschmackt klangen und so, als hätte ich sie einer Fernsehsendung entnommen. Es sei das

Beste für uns, wir wären zu verschieden, er könne nicht verstehen, dass ich gerne Hotelgäste empfange. Seine Berechnungen von Statik und Risiko hingegen würden mir für immer fremd bleiben, und sein Sinn für Poker ginge mir ab. Noch seien keine Kinder da, die unter der Trennung leiden würden. Es sei immer traurig, nach so vielen Jahren getrennte Wege zu gehen, aber ich sei sicher, dass er neues Glück finden würde. Er solle nicht versuchen, mich zurückzuholen, mein Entschluss sei gefasst. Ich müsse mit diesem Mann leben, es sei unausweichlich, er möge mir verzeihen, dass ich ihm diesen Schmerz bereite. Die Jahre mit ihm würde ich in guter Erinnerung behalten.

»Nein!«, hörte ich Jürgen schreien, hin und wieder. Dann verschloss ich meine Ohren und vertrieb die Tränen, die aufsteigen wollten. Ich kaufte ein kleines Geschenk für Domenico, ein neues Notizbuch, ein Feuerzeug. Zu Domenico ging ich jetzt nach Hause, und wenn das meine Schritte in den ersten Tagen vergaßen, so schalt ich sie, die blöden Füße.

Wir kamen mit wenig aus. Ich ging zur Arbeit, und wenn ich abends nach Hause zurückkehrte, standen die schmutzigen Kaffeetassen vom Morgen auf dem Tisch. Meist war Domenico noch auf seinen Streifzügen durch die Stadt, und ich aß Brot und Käse und las in seinen Büchern. Wenn er dann nach Hause kam, kochte ich Spaghetti für ihn, und später weckte ich ihn, wenn er auf dem Sofa eingeschlafen war, mit dem Notizbuch in der Hand. Nach ein paar Monaten fand Domenico, dass ein Lohn reichte. Er kündigte seine Stelle, um mehr Zeit für seine Kunst zu haben. Als ich davon hörte, war ich irritiert, aber nur kurz, denn Domenico legte mir dar, dass ihn der Broterwerb seiner künstlerischen Ader beraube, und dann würde er eingehen, sein Esprit würde sich auflösen, das Herz verkümmern, das Hirn verrotten, ein Wrack würde er werden, kraftlos. Das wollte ich nicht.

Domenico war viel unterwegs, auf der Suche nach Stoff für seine Geschichten. Ab und zu kritzelte er etwas in sein Notizbuch. Nie sah ich ihn am Schreibtisch, übers Papier gebeugt. Das tat er, während ich arbeitete. Nie zeigte er mir, was da entstand. Auch seine älteren Manuskripte hielt er vor mir verborgen. Wiederholt hatte ich ihn darum gebeten, mir eines seiner Stücke zum Lesen zu geben. Er lachte bloß und sagte:

»Das ist nichts für dich, Felicitas, glaub mir.«

Ich fragte nach Gründen. War er schüchtern, fürchtete er Kritik? Er lachte und küsste mich.

»Harte Kost, Felicitas, glaub mir.«

Ich war neugierig, wühlte in seinen Schubladen, wenn er unterwegs war, vergeblich. Seine Manuskripte hielt er unter Verschluss, ich wusste, wo. Einen Schlüssel zum Schrank besaß ich nicht. Ich argumentierte mit Vertrauen, fühlte mich verletzt. Domenico nahm mich in den Arm und tröstete mich.

»Aus dem nächsten, Felicitas, wird was. Lass es mich in Ruhe zur Welt bringen.«

Ich bemühte mich darum. Wenn er unterwegs

war, wusch ich Geschirr und Wäsche und übte mich in Geduld. Wenn er rauchen und nachdenken musste, sah ich ihm vom Bett aus zu. Wenn er rastlos hin und her ging, spazierte ich um den Block, zweimal oder dreimal, wenn die Sonne schien.

Ich stellte keine Fragen, wenn er schwieg, und wenn er redete, hörte ich zu. Ab und zu sagte ich etwas. Dann lächelte er mich an und sagte:

»Wie schön du bist, Felicitas. Red weiter.«

Er griff zu seinem Notizbuch und schrieb etwas, und wenn ich stockte, machte er eine rasche Handbewegung:

»Weiter, weiter, red einfach nur weiter, meine Schöne.«

Ich redete weiter, suchte nach Worten. Plötzlich waren sie verschwunden, all die Sätze, die ich mit mir trug, wenn ich ihn nicht sah. Ein Tadel vom Chef, der mich verletzte, eine Beobachtung in der Straßenbahn, mein Traum von letzter Nacht, von dem er noch nicht wusste. Ich plapperte sinnlos, ließ meine Redezeit ungenutzt verstreichen, bis er ungeduldig von seinem Notizbuch aufsah.

»He, Felicitas, willst du mich quälen? Wen interessieren die Verlierer mit Aktenkoffer, die bei dir einchecken? Diese Geschichten interessieren mich nicht, hörst du, ich kenne sie zur Genüge.«

Ich schwieg erschrocken, ein Würgen im Hals. Schnell stand ich auf, um die Einkäufe einzuräumen. Domenico sah zum Fenster hinaus und rauchte, ohne mich zu beachten. Tränen tropften aufs Rüstbrett, ich schnitt blind Kartoffeln und Tomaten, bis Domenico mich von hinten umfasste und küsste.

»Aber was ist denn«, sagte er und drehte mich ihm zu, »nicht weinen, meine Schöne, nicht weinen, wieso denn bloß.«

Ich schluchzte an seiner Schulter, bis das Würgen verschwand, und er trocknete mir die Tränen mit seinem Hemdärmel. Beim Nachtessen hörte er mir zu, wie ich von meiner Unsicherheit erzählte, davon, dass ich jahrelang fernsah und keine Bücher las, dass ich mit Worten im Hintertreffen war, ihm gegenüber, mit Geschichten sowieso, dass mein Horizont eng war und seine Himmel weit, dass er mich das spüren ließ, dass er mich verletzte, mit harten Vorgaben, immer wieder.

»Felicitas«, sagte er und sah plötzlich sehr müde aus, »ich bin doch bloß ein Fliesenleger. Wozu, Felicitas, eröffnest du einen Wettstreit mit mir?«

Darauf wusste ich nichts mehr zu sagen. Wir tranken schweigend Wein, und nachdem ich zu Bett gegangen war, tat ich so, als schliefe ich, aber Domenico weckte mich nicht.

Nach dem Ausflug in die Abteilung Vision ging ich dahin zurück, wo ich mich unterdessen zu Hause fühlte: in die Abteilung Supervision F. Problemlos erreichten Mister John und ich die Zielvorgabe, die er auf mein Betreiben hin gesetzt hatte: Beschleunigung des Befragungsverfahrens, die zu zehn Prozent mehr Entscheidungen über Auf- oder Abstieg führte, und Senkung der Zuwachsrate in die Abteilung Vision um eins Komma fünf Prozent. Das war nicht viel, aber ein Schritt in die richtige Richtung. Er brachte uns eine Gehaltserhöhung ein. Zudem war der Aufbau der Abteilung Ideal Recycling M abgeschlossen. Das Geschäft lief hervorragend. Da Mister John keine Ambitionen mehr zeigte, wurde ich als Geschäftsführerin eingesetzt. Der Boss war froh, endlich eine Frau im Kader zu haben. Und ich überzeugte ihn mit meinen Qualifikationen. Ich würde mich hervorragend dafür eignen, Männer zur Hölle zu schicken. Das richtete er Mister John aus. Persönlich traf ich ihn nie, der Mann schien sehr beschäftigt. Als Mister John pensioniert wurde, übernahm ich seine Abteilung Supervision F mit dazu. Ich verabschiedete ihn in Ehren und stellte Enzo ein. Jetzt sitze ich im kühlen Büro und führe mein Reich mit Freude und Engagement. Ich koste von der Macht, die Jürgen mir immer empfohlen hatte, und finde, dass sie hervorragend schmeckt. Enzo erweist sich als gute Wahl. Er vermittelt bei den Frauen, wenn ihre Intrigen unerträglich werden, er droht zur richtigen Zeit und greift ein, bevor sie sich ineinander verbeißen. Er treibt die Männer an, die sich vor der Arbeit drücken, er geht dazwischen, wenn sie sich in ihren Machtkämpfen aufreiben, er trennt sie, bevor sie sich blutig schlagen. Mir trägt er das Nötigste zu. Er verschont mich mit alltäglichem Ärger aus den Abteilungen, so dass ich mich auf die Redestunden konzentrieren kann. Er protokolliert die Geschichten wortgetreu, die die Leute mir erzählen. Ich lese sie später und beurteile nach Aussagen. Wer Zweifel zeigt, hat die Chance auf eine positive Bilanz. Wer denkt, was er immer schon dachte, wer wieder tun würde, was er tat, fällt ins Minus. Ich bestimme, auf wen Sekt und Smalltalk warten. Mein Urteil befindet darüber, ob sie für ewig auf heißen Rosten sitzen und schwitzen, Männer und Frauen getrennt. Enzo unterstützt mich dabei nach Kräften. Als er mir vor ein paar Monaten vorschlug, den Betrieb noch effizienter zu gestalten, leuchteten mir seine Argumente ein. Er legte mir Investitionen nahe, bestellte Gerten und Peitschen, richtete einen Raum ein mit eisernen Fassungen. Jetzt schließen sich diese um Handgelenke, sicher und sauber, nur mit dem Schlüssel zu öffnen, den Enzo bei sich trägt. Ein Teil unserer männlichen Klientel verlangt nämlich besondere Behandlung. Enzo bietet den Männern eine letzte Gelegenheit, Buße zu tun. Er fesselt und knebelt, er peitscht auf Verlangen, und wenn ich die wimmernden Gestalten nicht mehr hören kann, sorgt er für Ruhe. Ein Schluck Wasser für jene, die allzu durstig sind, ein gutes Wort für andere, die heftig schluchzen. Auch hier registriert ein Aufnahmegerät, was sie zu sagen haben, wie sie wimmern und schluchzen zwischen ihren Geständnissen. Enzo ist unermüdlich, räumt auf, richtet Eisen und Seile. Ab und zu geht er in die hinteren Räume, dorthin, wo es dunkel und kühler ist, und isst einen Apfel. Mir bleiben seine Methoden suspekt, aber eins muss ich ihm zugestehen: Sie beschleunigen die Befragung zusätzlich, wir weisen bereits fünfzehn Prozent mehr Entscheidungen vor. Und schließlich zählen die Resultate.

Ich aß Käse und Brot und wartete, bis Domenico nach Hause kam. Manchmal wurde es so spät, dass ich bereits schlief, die Arme auf dem Tisch, oder ich lag auf dem Sofa, mit schmerzendem Genick. Manchmal wachte ich spät nachts wieder auf, und er war immer noch nicht da. Dann ging ich spazieren, zweimal um den Block, oder dreimal. Ich dachte nach, ich dachte im Kreis, wieder und wieder. Ich sah Domenico. Ich sah ihn im Kaffeehaus sitzen und schreiben, durch Parks und Straßen gehen. Ich sah ihn in angeregtem Gespräch mit alten Männern, und wenn die nach Hause gegangen waren, saßen da junge Frauen. Eine war schön, redete und lachte viel, und Domenico lachte auch. Dann küsste er sie im Park, und als der Park geschlossen wurde, gingen sie weiter durch die Straßen, zu ihr nach Hause. Ich verbot mir, da weiterzudenken, und sah Domenico plötzlich blutüberströmt, im Park überfallen, auf der Straße verletzt, von der Ambulanz gerettet, bleich im Spital, betrunken in der Gosse, von Hunden bepinkelt. Gedanken und Bilder rasten in mir. Frische Luft und Honigmilch halfen nicht, mich zu beruhigen, auch Lesen nicht. Ich sah junge Frauen, Domenico mittendrin, auf den Knien einen Panther mit schwarzem Fell, im Mund ein Höschen, rot und glänzend, Blut überall, im Gesicht, auf dem Mantel, Sirenengeheul und kein Krankenwagen, weit und breit. Wenn sich der Schlüssel im Schloss drehte, drohte mein Herz zu zerspringen. Ich prüfte Domenicos Gesicht, roch an seinem Hals, den Locken, während er mich umfing und küsste.

»Meine Schöne, schlafen sollst du, nicht wachen. Du weißt doch, dass es manchmal spät wird.«

Er roch wie immer, nach Domenico, nach Rauch und Rasierwasser und frischer Luft. Ich weinte vor Erleichterung, meine Knie zitterten, während er mich zum Bett führte und mich zudeckte wie ein Kind. Er murmelte mir Geschichten ins Ohr von seinem Abend und der halben Nacht, die er im Gespräch mit traurigen Gestalten verbracht hatte. Es kamen keine jungen Frauen vor und keine blutigen Verletzungen. Ich hörte seine sanfte Stimme und schlief ein. Am andern Morgen riss mich der Wecker aus wirren Träumen. Ich taumelte müde zur Arbeit und vertippte mich bei Daten, legte Reservationen falsch ab. Mein Chef zog die Augenbrauen hoch. Wenn ich nach Hause kam, schloss Domenico mich in die Arme und kochte Spaghetti, manchmal. Immer öfter aß ich Käse und Brot und wartete, bis er nach Hause kam. Ich schlief nicht mehr auf dem Sofa ein und ging nicht mehr spazieren, um den Block. Ich dachte nach, dachte im Kreis, wieder und wieder. Ich suchte das Bett ab nach Höschen, die nicht mir gehörten. Ich sah ihn mit der Frau mit blonden langen Haaren, vor Anita Myers Haus standen sie, Domenico lachte und redete.

»He«, rief ich, »was soll das?«

Sie hörten mich nicht, und ich ging weiter in der Wohnung umher, vom Bett zum Tisch zum Sofa. Edi schaute mir mit seinen Glupschaugen zu. Ich verbot mir frische Luft und Honigmilch und Lesen, ich wollte nicht schlafen. Ich wollte Domenicos Gesicht prüfen, wenn er die Tür öffnete, ich wollte an seinem Hals, den Locken riechen. Er roch nicht mehr wie immer, nach Rauch und Rasierwasser und frischer Luft. Plötzlich roch er bittersüß und fremd. Mit jedem Mal roch ich es mehr. Ich ließ mir keine Geschichten mehr ins Ohr murmeln von seinem Abend und der halben Nacht. Ich schrie und schlug und schluchzte am Schluss in der Badewanne, wenn Domenico mich duschte. Am andern Morgen riss mich der Wecker aus Angstträumen. Ich schleppte mich zur Arbeit und gab falsche Auskünfte, stotterte in Französisch, stellte zu niedrige Rechnungen aus. Mein Chef tadelte mich, dann redete er mir gut zu, während ich in sein Taschentuch schluchzte. Auf der Toilette kühlte ich meine geschwollenen Lider. Ich starrte in den Spiegel und sah mich: bleich, graugrün unter den Augen, schwarzverschmiert die Wimperntusche, blass die Lippen. Ich sah Falten und Fältchen, die nicht vom Lachen stammten, einen harten Zug um den Mund.

»Sieht so eine glückliche Frau aus?«, fragte Aurora.

»Schweig«, sagte ich und schlug mit der Faust gegen den Spiegel, dass es schmerzte.

Geh zurück«, sagte Aurora.

»Zu Jürgen?«, fragte ich.

»Zu wem denn sonst?«

Aurora quälte mich.

Sie starrte mir aus jedem Spiegelbild entgegen, sie redete ungefragt. Wenn ich die Hände gegen die Ohren presste, dröhnte ihre Stimme in meinem Innern.

»Er betrügt dich«, sagte Aurora.

»Kleine Abenteuer, seichte Mädchen, er will nur spielen«, wehrte ich ab.

»Und du?«

»Mich liebt er.«

Als ich einen Nylonstrumpf im Bett fand, mit einem Rand aus feiner Spitze, packte ich meinen Koffer. Edi schaute mir zu. Domenico war nicht zu Hause.

»Fahr weit weg«, sagte Aurora.

»Nein«, schluchzte ich, »ich geh zurück.«

»Zu Jürgen?«

»Zu wem denn sonst?«

»Tu das nicht«, sagte Aurora, und dann brachte

ich sie zum Schweigen, die Schwätzerin mit ihren wechselnden Ansichten.

»Was«, sagte Jürgen, als er die Tür öffnete, »was tust du denn hier?«

»Ich komme zurück«, sagte ich, »ich habe einen Fehler gemacht.«

»Aber«, sagte Jürgen.

»Jürgen?«, rief eine Frauenstimme aus dem Innern.

Der Koffer schlug mir gegen die Beine, als ich die Treppe hinunterstolperte, den Schmerz spürte ich später, als ich in der Straßenbahn saß. Die Schienbeine taten weh und die Knie, die Hände, der Kopf. Ein dumpfer Hammer schlug gegen die Stirn, und in der Brust war mir eng. Ich fuhr Straßenbahn, bis sie zwischen grauen Häusern anhielt, ich zog meinen Koffer ein Stück bis zu einem Spielplatz, wo Mütter saßen mit Kindern. Ich setzte mich, die Tränen trocknete ich mit meinem Halstuch, später schnäuzte ich mich. Die Mütter starrten.

»Wohin gehst du jetzt?«, fragte Aurora.

Ich ging meine Möglichkeiten durch. Onkel Hannes und Onkel Jan mit ihren blonden Kindern, die Karten schrieben aus dem Norden. Aurora und Gustav unter der Erde. Meine Mutter zwischen Zweizimmerwohnung und Psychiatrie. Die Kolleginnen. Das Hotelzimmer. Auf dem Bett liegen und an die Decke starren. An Jürgen denken, der sein Glück gefunden hatte. An Domenico denken. Domenico. Ich stand auf und fuhr Straßenbahn, ich zog meinen Koffer zurück in die Straße mit den bunten Häusern. Als ich den langen Korridor entlangging, öffnete sich die Tür. Domenico trat heraus und sah mir entgegen, mit seinem schönsten Lächeln auf den Lippen.

»Willkommen zu Hause, Felicitas.«

»Boss!«

Ich schrecke auf, sehe Enzo winken. Ich erhebe mich aus meinem Bürosessel, folge ihm in seine Wunderkammer. Dort stehen nackte Männer in Reihen, die Handgelenke verschnürt und an Seilen befestigt, die sich über ihren Köpfen im Dunkeln verlieren. Es sind wohlgenährte Männer, früh aus erfolgreichen Lebensläufen gerissen: zu schnell gefahren, zu cholesterinhaltig gegessen, besiegt von Stress und einem schwachen Herz. Noch wagen sie es, gegen ihr Schicksal aufzubegehren.

Sie schreien nach früheren Privilegien, fordern Hemden und feine Anzüge zurück, ihren Geldbeutel, der Enzos Schläge abfedern könnte. Vergeblich. Enzo ist unbestechlich. Stock und Peitsche treiben den Männern große Worte und hämisches Lachen aus. Nie mehr Sprüche über entlassene Kollegen und gefallene Frauen. Die Männer vergessen den Blick in die Zukunft, Visionen fehlen. Keine Restrukturierung, die sie auf dem Buckel anderer umsetzen. Sie starren bloß noch vor sich hin, ohne Schultern zu klopfen. Niemand denkt daran, die Hände in Unschuld zu waschen. Hier sind sie keine Saubermänner mehr. Sie bleiben so dreckig, wie sie sind, mit Seilen gefesselt.

»Wasser!«

Ich zucke zusammen. Der vorderste Mann stöhnt laut und dreht mir seinen dicken Leib zu. Die Haut glänzt rosa, kleine glitzernde Bäche rinnen aus seinen Achselhöhlen.

»Was«, seine Stimme ist jetzt ein heiseres Krächzen, »Wasser.«

»Bitte«, sage ich, »du musst bitte sagen.«

»Wasser!«, schreit jetzt einer nebenan, die andern wimmern.

»Bitte«, sage ich, »ihr müsst darum bitten.«

Doch sie hören nicht, sie jammern weiter, spitze Schreie dringen in meine Ohren, dass es schmerzt.

»Enzo!«

Enzo ist klein und hat große Muskeln, er geht ohne Hemd, die Hose schwarz und eng, die Stiefel spitz. Er hebt seine Peitsche, ein kurzes Zischen, Leder knallt auf Haut, immer wieder, der Geschlagene stöhnt.

»Bitte bitte bitte.«

Dann kehrt Ruhe ein.

Wieso«, fragte Aurora, »wieso gönnst du dir nichts?«

Ich blickte böse in den Spiegel.

»Weil die Lebenskosten so hoch sind.«

»Die Lebenskosten von Domenico.«

»Ja, verdammt«, rief ich, »die Lebenskosten von Domenico.«

Ich erschrak längst nicht mehr über Fluchwörter. Sie gehörten zu meinem Leben mit Domenico. Ich verwendete sie, wenn ich aufrechnete, die Stunden, die ich wartete, und die Stunden, die ich am Empfang verbrachte, um das Geld für unsere Miete zu verdienen, für Essen und Versicherungen, für den Arzt und Nasenspray und Bücher, für Steuern und Hosen und ein Kleid ab und zu. Ich verwendete die Fluchwörter für mich alleine, denn Domenico hörte nicht zu, wenn ich fluchte. Er ging davon und schloss leise die Tür hinter sich. Weil ich nicht warten wollte, fluchte ich, wenn nur ich es hörte. Und Aurora. Aurora mischte sich noch immer in Dinge ein, die sie nichts angingen, und nicht immer schaffte ich es, sie zum Schweigen zu bringen. Sie meldete sich, wenn ich endlich Schlaf gefunden hatte, sie blinzelte in den Spiegel, wenn ich mich für einmal schön fand, sie guckte unter die Decke, wenn ich mit Domenico im Bett lag.

»Wieso«, fragte sie, »bist du nicht längst schwanger?«

»Ich will ja gar nicht«, zischte ich.

»Weil er nicht will?«

»Nein, verdammt!«, rief ich.

Da schwieg sie, und ich war froh, dass sie nie mehr darüber sprach, wie sehr ich mir als junge Frau Kinder gewünscht hatte, ein Mädchen und einen Jungen dazu, damit das Mädchen nicht so allein war. Doch sie biss sich an einer neuen Idee fest, die sie mir andrehen wollte.

»Du musst dich weiterentwickeln. Du bist zu mehr fähig, als nur im Hotel am Empfang zu stehen.«

»Du redest wie Jürgen«, wehrte ich ab.

Sie ließ mir keine Ruhe, bis ich mich zu einer Weiterbildung an der International Business School anmeldete.

»Hoho«, sagte Domenico und lachte, »Mylady macht den Doktor. Da kann unsereiner natürlich nicht mithalten. Pass auf, verbissene Karrierefrauen sind unerotisch.«

Ich schluckte und studierte abends den Pflichtstoff, während ich auf Domenico wartete. Die achtzehn Seminartage absolvierte ich über ein Jahr verteilt. Sie brachten mir bei, Strategien zu entwickeln und nachhaltig umzusetzen. Ich lernte das Wichtigste über Führung, Motivation und Entlöhnung kennen und neue Märkte zu gewinnen. Die Diplom-Punkte holte ich mir mit Leichtigkeit. Meine Kolleginnen gratulierten. Ich sah mich nach einer neuen Herausforderung um und fand sie als Sales-Manager im Hotel zum Storchen. Mein neuer Chef war begeistert. Ich verhandelte erfolgreich mit Carunternehmern, drückte Lieferanten im Preis, führte meine Mitarbeiterinnen zu unserem Besten. Domenico lachte.

»Meine Businesslady«, sagte er und schob mir den Rock hoch, »haben Sie etwas Zeit für mich? Ich optimiere Ihre persönliche Wohlfühlquote, und das zum Nulltarif. Greifen Sie zu!«

Er besuchte mich in meinem Büro im Hotel zum Storchen, brachte süße Himbeeren mit, kitzelte mich mit einer Blume im Nacken. Er pries mich vor meinen Kolleginnen, die rot wurden und kicherten, und zwinkerte mir zu, während ich die Augen verdrehte. Er besuchte mich im Demozimmer im zweiten Stock, das zur Repräsentation freigehalten wurde. Wir tuschelten und liebten uns schnell und heftig, an die

Wand gelehnt, auf die Bettkante gestützt. Mit klopfendem Herzen und feuchtem Haar saß ich danach im Büro, glühend vor Liebe und Glück, und setzte mich durch gegen dreiste Tour-Operators, die bloß Gewinn wollten und nicht das Beste für ihre Kunden. Abends erzählte ich Domenico von meinem Tag, während er mir Spaghetti auf die Gabel drehte, nickte und lächelte.

»Wie schön du bist, Mylady«, sagte er, »Erfolg steht dir gut.«

Hallo Boss!«

Ich zucke zusammen. Enzo tätschelt mich mit seinem Stock.

»Wovon träumen Sie? Sagen Sie es mir? Bitte bitte.«

Ich muss lachen und schüttle den Kopf. Wir gehen weiter durch seine Wunderkammer. Enzo blickt sich suchend um, geht auf einen dürren Kleinen zu, dessen Haut grau schimmert.

»Dich«, er piekst ihn mit dem Stock, »dich brauchen wir. Du siehst aus, als wäre aus dir ordentlich was rauszuholen.«

Der Mann zuckt zusammen, hebt den Kopf.

»Was?« Seine Lippen zittern.

»Dir wird etwas einfallen. Und sonst helfe ich dir ein wenig nach.«

Enzo schwingt seinen Stock und blickt zu mir. Ich winke ab.

»Kommen Sie, Boss, ein wenig Spaß muss sein.« Er zwickt mich in den Arm.

»Wollen Sie lieber ein bisschen Fleisch am Knochen? Ich zeige Ihnen was.«

Er zieht mich in den nächsten Raum, zu einem großen Mann mit dicken weißen Schenkeln.

»Das ist Oskar, gestern reingekommen. Er weiß, was er hier zu tun hat, nicht wahr, Oskar?«

Der Mann grinst und zeigt kleine spitze Zähne.

»Schwitzen, Mann, schwitzen.«

Er bläst sich den Schweiß von den Lippen, ein feiner Sprühnebel trifft mich.

»Lass das, Enzo. Lass ihn in Ruhe.«

Enzo schaut beleidigt.

»Och, jetzt, wo's lustig wird. Glück gehabt, Oskar.«

Er knufft den Mann, wir gehen weiter. Er erzählt von einem seltsamen Traum, den er kürzlich hatte, und ich tue so, als ob ich zuhören würde, während ich wieder in meinen Gedanken versinke.

Die glücklichen Zeiten im Hotel zum Storchen endeten, als Domenico mich nicht mehr besuchte. Kein duftender Flieder mehr auf meinem Bürotisch, keine Himbeeren zum Naschen zwischendurch. Ich tröstete mich mit Schokolade und Rosen, die ich mitbrachte. Ich tat mir etwas zuliebe, das war wichtig, so stand es in Frauenzeitschriften. Ich zwang meine Gedanken auf den Bildschirm. Umsätze waren zu erzielen, die Vorgaben waren streng. Mein Chef forderte vollen Einsatz, die Konkurrenz schlief nicht. Ich sah seinen Mund, der sich öffnete und schloss, während meine Gedanken kreisten. Was tat Domenico? Bestimmt saß er zu Haus und schrieb. Nichts anderes. Vielleicht spazierte er ein wenig zur Erholung. Nichts weiter. Er hatte viele Ideen, seine Zeit war kostbar, so dass sie nicht für einen Abstecher in den Storchen reichte.

»Du hast eine wichtige Aufgabe, Mylady, und ich habe meine«, sagte er, als ich klagte.

Ich fragte nicht weiter. Weinen verbot ich mir. Ich zweifelte im Stillen. Meine Freude an der Arbeit schwand von Tag zu Tag. Ich kämpfte dagegen an.

Wütend widmete ich mich weiter den Zahlen, die grell vom Bildschirm leuchteten. Sie lösten sich auf in fremde Zeichen. Statistik und Strategie, was hatte ich damit zu tun? Nichts als totes Material um mich. Telefonieren mit arroganten Männern, die mich im Preis drücken wollten, mich aussetzen ihren Sprüchen, dem dummen Gerede, wozu? Kein Lob vom Chef spornte mich mehr an, ich überließ meinen Kolleginnen das Feld, die sich eifrig lächelnd an die Arbeit machten.

»Wieso«, meldete sich Aurora, »lässt du dir alles von ihm nehmen?«

»Nicht alles.«

»Sieh dich doch an!«, rief sie.

»Meine Liebe zu ihm«, sagte ich, »die habe ich noch.«

Ich suchte ein paar Monate nach meinem Ehrgeiz, dem Hotel zum Storchen zu sensationellen Übernachtungszahlen zu verhelfen, und fand ihn nicht mehr. Domenico half mir nicht dabei. Er war meist auswärts. Wenn er nach Hause kam, stritten wir. Ich war verzweifelt. Zweimal packte ich meinen Koffer, während Edi mir zuschaute, und packte ihn wieder aus, bevor Domenico nach Hause kam. Ich beschwor meine Selbständigkeit, führte in Listen auf, was ich konnte, und repetierte sie täglich. Ich übte Gelassenheit in Yogakursen und vertraute mich einem Tagebuch an, das ich vor Domenico versteckte. Nichts davon half. Ich zersetzte mich selbst. Tag für Tag sah ich den Spiegel. Jedes Mal war ich kleiner, und die Ränder fransten aus. Aurora schnalzte missbilligend.

»So geht das nicht weiter.«

»Was du nicht sagst«, erwiderte ich böse.

»Tapetenwechsel würde helfen.«

»Ich geh nicht weg«, sagte ich.

»Nimm ihn mit an einen Ort, wo es keine Frauen gibt.«

»Haha.«

Ich trug die Idee ein paar Wochen mit mir herum und erprobte Argumente: Inspiration für Domenico, anregende Arbeitsatmosphäre für mich, das Meer für uns beide. Ruhe für Domenico, Erfahrungserweiterung für mich, heißer Sand für uns beide. Ich machte den Vorschlag. Domenico blickte skeptisch.

»Was soll ich in Sharm el Sheikh? Mit fetten Italienern im Meer rumstehen? Mich im knappen Schatten von Sonnenschirmen quälen? Mir die Füße im Sand verbrennen? Würmer kriegen und Durchfall von ranzigen Hammelspießen?«

Er legte die Zigarette weg, fasste meine Hand.

»Warten auf dich, im eisgekühlten Zimmer frieren, bis du von der Arbeit kommst, angeregt vom Austausch mit pomadigen Herren, die um dich herumscharwenzeln? Dir von dicken Touristinnen erzählen, die mich auf den Gehwegen rammten, während du an die Erfahrungen denkst, die du mit dem aufstrebenden Jungmanager machtest?«

Ich argumentierte weiter, schilderte bunte Fische im türkisfarbenen Meer, abenteuerliche Kamelritte, Übernachtungen unter dem Sternenhimmel. Er stand auf, umrundete den Tisch in schnellen Schritten.

»Mit wem warst du dort? Noch nie? Wie soll ich dir das glauben, so wie du redest? Du möchtest deine

Erfahrungen wiederholen, glaub mir, das funktioniert nicht, mit mir wird es nicht dasselbe sein wie mit Martin oder Felix oder Jürgen. Glaub mir, ich kann dir das nicht bieten …«

Seine Stimme brach. Ich hörte erschrocken auf, zu wiederholen, dass ich Sharm el Sheikh ausschließlich aus dem Internet kannte.

»Ach, Felicitas«, sagte er und kniete vor mir nieder, legte mir den Kopf in den Schoß, »ich ertrage den Gedanken nicht, dass du dort als schöne gescheite Frau mit attraktiven Männern arbeitest. Was, wenn dir der aufstrebende Jungmanager mit der dunklen Haut besser gefällt als der erfolglose Schriftsteller mit den gelben Nikotinfingern? Was, wenn er dir gutes Geld schmackhaft macht, während ich mit einem unvollständigen Manuskript dastehe? Was, wenn dir seine positiven Gedanken näher kommen als meine Zweifel? Was, wenn er dich auf Händen trägt, während ich manchmal mir allein schon zu viel an Gewicht bin?«

Ich kämpfte gegen einen Kloss im Hals, während ich sanft Domenicos weiche Locken streichelte, seine Wangen, die Stirn. Ich liebte ihn so, dass es weh tat, und als ich ihm das sagte, weinten wir zusammen. Kein aufstrebender Jungmanager würde uns je etwas anhaben können.

»Mylady«, sagte Domenico, »wohin du gehst, ich bin dabei.«

Am nächsten Tag sagte ich dem Herrn vom Maritim Jolie Ville Resort zu und bedankte mich bei meinem Chef, der mir die Stelle vermittelt hatte.

»Unter der Sonne Ägyptens geht es Ihnen bestimmt bald besser«, sagte er, und ich fragte mich, wovon er sprach.

In Sharm el Sheikh war es hell und heiß. Wenn ich auf unsere kleine Terrasse trat und mich vorbeugte, konnte ich hinter der Blechwand, die uns von den Nachbarn trennte, das Meer sehen. Wir bewohnten zwei Zimmer mit weißen Kacheln am Boden, einer Kochnische, einem großen Bad, einem großen Bett, einem kleinen Tisch und drei Stühlen. Drinnen war es angenehm kühl, in der marmornen Hotelhalle, hinter dem Empfangstresen, im Backoffice. Die Kolleginnen begrüßten mich freundlich, der neue Chef ebenso. Ich sprach Englisch und Französisch, dazu Deutsch mit den Deutschen, die sich freuten. Nach der Arbeit spazierte ich mit Domenico auf der Promenade. Wir saßen auf bunten Kissen, tranken grünen Tee und rauchten eine Wasserpfeife mit Melonengeschmack. Manchmal gingen wir durch feinen Sand zum Meer, dort, wo der Strand nicht für Hotelgäste abgesperrt war. Wir setzten uns zwischen Petflaschen und tranken frischen Orangensaft, den Domenico mitgebracht hatte. Später aßen wir in unserem kleinen Restaurant, versteckt zwischen Palmen und Bananenbäumen, oder Domenico lockte mich nach

Hause, wo ein Buffet mit Tomaten, Bamya, Baba Ghanouj, Ful und Falafel bereitstand. Domenico überraschte mich. Er steckte mir kleine Päckchen zu mit einer schönen Muschel, einer vom Meer geschliffenen Koralle. Er streute Wege aus Sand, denen ich folgen musste, und legte Blumen ins Bett, zu Botschaften geformt. Er massierte meinen verspannten Rücken, dirigierte die Madonna an der Kette zu Spielen, die mich erfreuten. Er war braun gebrannt, die gelben Punkte in seinen Augen leuchteten, wenn er mir von seinen Stunden mit dem Schreibheft erzählte, vom warmen Wind, der ihm Ideen zutrug, dem Meer, das ihm Ruhe gab. Die Nächte verbrachten wir in tiefem Schlaf, nachdem wir die Leintücher genetzt hatten. Morgens trat ich auf unsere kleine Terrasse, um hinter der Trennwand das Meer zu sehen, und flüsterte:

»Danke, Aurora, für den Tapetenwechsel.«

Mach es dir bequem.«

Enzo führt einen Mann herein, zerrt ihn am Arm, als der Mann sich sträubt. Ich will der Hitze hier entfliehen, zurück in mein Büro gehen, als ich stutze.

»Komm, fühl dich ganz wie zu Hause.«

Schwarze Locken, leicht hängende Schultern, schmaler Hintern, lange Beine. Mein Herz klopft heftig. Große Hände, kräftige Arme, die Brust mit den Haaren, die mich kitzelten, wenn ich bei ihm lag. Dunkle Stoppeln, weich der Mund, weiß die Haut, die Nase lang und gebogen, schwarz die Augen. Mir wird schwindlig.

»Ich bin hier falsch«, sagt der Mann.

Die Stimme. Die Stimme gehört einem andern. Ich atme tief durch. Der Mann versucht vergeblich, sich Enzos Griff zu entwinden. Er reißt die Augen weit auf, während Enzo ihm die Handgelenke zusammenschnürt, und als Enzo sich seinen Füßen zuwendet, beginnt der Mann zu weinen.

»Hör auf«, sagt Enzo, »du machst mich nass.«

»Ich bin hier falsch. Ein Irrtum.«

»Ach«, sagt Enzo und schließt das Eisen, »das sagen alle.«

Das Wimmern des Mannes verfolgt mich, während ich zur Tür eile. Mein Herz rast noch immer. Frische Luft. Ich atme tief ein und aus. Es ist nicht Domenico.

Nach vier Monaten und zwei Wochen hatte Domenico genug.

»Sharm el Sheikh«, sagte er, »deprimiert mich.«

Er lag auf dem Bett und schlief, wenn ich nach Arbeitsschluss in unsere Wohnung kam. Mit Mühe nur konnte ich ihn wecken. Ab und zu ließ er sich zu einem Spaziergang überreden. Er saß im Sand und starrte aufs Meer. Wenn ich ihm von meinem Tag erzählen wollte, winkte er ab.

»Verschon mich bitte mit deinen blöden Touristen.«

Ich kaufte Ful und Falafel und Baba Ghanouj, überraschte ihn mit einem gedeckten Tisch, wenn er aufwachte, und kühlem Wein. Er saß am Tisch, knetete Kügelchen aus Fladenbrot, warf sie zum Fenster hinaus.

»Verschon mich bitte«, sagte er, »mit deiner Fürsorge.«

Ich ließ ihn in Ruhe, setzte mich allein ans Meer, aß in unserem kleinen Restaurant. Als ich zurückkehrte, sprang Domenico auf und packte mich.

»Wo warst du?«, schrie er. »Du schleppst mich in dieses Kaff, arbeitest dich hoch auf deiner Karriereleiter, während ich an Ort trete, in diesem kalten Zimmer. Du vergnügst dich und lässt mich allein mit meinen quälenden Gedanken. Wonach riechst du? Wen hast du getroffen? Den netten Kollegen vom Empfang? Nein? Den Amerikaner, der dich seit Wochen umgarnt? Denkst du, ich merke es nicht?«

Domenico ließ mich los, fasste mein Kinn, strich mir übers Haar.

»Ach nein, natürlich nicht. Du interessierst dich ja für keinen andern, wie du immer sagst. Sag, ich will es hören. Sag: ›Ich interessiere mich für keinen andern, nur für dich.‹ So ist brav. Sag es noch einmal.«

Ich sagte es noch einmal. Domenico lächelte. Die gelben Punkte in seinen Augen leuchteten.

»Gut, Mylady. Es gefällt mir einfach nicht, wenn du dich ohne mich da draußen herumtreibst. Hast du verstanden?«

Ich ging nicht mehr spazieren. Nach Arbeitsschluss eilte ich zu Domenico. Wenn er nicht zu Hause war, ruhte ich mich etwas aus, bereitete uns ein Nachtessen. Ich trat auf unsere kleine Terrasse, verrenkte mich, um das Meer zu sehen. Ich wartete. Längst war ich wieder von Zweifeln zerfressen. Ich merkte es an den Kleidern, die mir zu groß wurden.

Ich verfluchte das rote Höschen, das ich vor langer Zeit in Domenicos Bett gefunden hatte. Es hielt mein Herz gefangen mit Fesseln aus Seide. Kein rationaler Gedanke kam dagegen an. Ich übte mich in Toleranz, gestand Domenico Freiheiten zu in Gedanken. Sollte er tun, was er nicht lassen konnte, solange er mich liebte. Ich redete mir gut zu, lobte meine Großzügigkeit. Ich vertrat die selbstbewusste Frau, während mein Herz sich zusammenzog. Ich war mutlos geboren worden, zum Verlassenwerden bestimmt. Ich gab meinem Vater die Schuld. Er war gegangen, ohne mich erst anzusehen. Bei so einer blieb keiner. Er hatte mir ein Hasenherz verpasst, klein und ängstlich.

»Unsinn«, sagte Aurora, »dein Vater war bloß ein vorzeitiger Samenerguss. Was kann dir so einer anhaben?«

So gab ich meiner Mutter die Schuld. Sie holte mich aus einer glücklichen Kindheit in einen Vorort mit fremden Leuten. Sie tippte im Supermarkt an der Kasse und ließ mich allein zu Hause. Sie hatte Teppiche und Seidenkissen im Kopf und vergaß mich dabei.

»Wie ungerecht du bist«, sagte Aurora, »deine Mutter suchte doch nur ein bisschen Glück.«

»Und sie fand es«, schrie ich, »an der Seite von Ron. Wie glücklich sie war, wenn sie blau war, wie ruhig sie schlummerte, in ihrer Kotze, auf den Seidenkissen, wie selig sie schrie, wenn er sie schlug!«

»Schweig«, sagte Aurora, »kehr zuerst vor deiner eigenen Haustür.«

Domenico schlug vor, nach Amsterdam zu ziehen. Ich könne mir dort eine neue Herausforderung suchen. Ich sei ein Kind des Nordens, dort würde ich mich entfalten können, und er würde mich begleiten dabei. Er schilderte mir die Schönheiten Amsterdams, lockte mich mit dem Fahrrad die Grachten entlang, durch malerische Gassen. Er saß mit mir am Wasser und trank Kaffee, unter Bäumen. Er lobte die Schätze in den Museen, die spezielle Architektur, die feinen Hotels, er beschrieb die Gerichte mit Meeresgetier, die er damals mit Anita genoss. Er gab mir einen Tipp, wo ich mich bewerben konnte. Ich erhielt die Stelle. Wir bezogen in einem Trakt des Hotel Arena ein Zimmer mit Kochnische. Nebenan war eine ehemalige Kirche, die als Disco diente. Wenn der DJ den Bass aufdrehte, zitterten Wände und Bett. Früher wohnten Waisenkinder in den langgezogenen Backsteingebäuden, jetzt diente es überheblichen Kulturreisenden als Designhotel. Der Empfang war mit schwarzen Teppichen und Vorhängen ausgekleidet, und wenn ich in die Höhe schaute, glomm weit oben im ausladenden Treppenhaus ein kleines Licht. Die Kolleginnen blieben unter sich, redeten in ihrer rauen Sprache und zogen die Augenbrauen hoch, sobald ich den Mund auftat. Der Chef war eine Frau, die wie ein Mann aussah. Er teilte mir vorwiegend Nachmittags- und Abendschichten zu, und als ein Nachtportier ausfiel, arbeitete ich auch nachts. Morgens taumelte ich ins Bett, wenn die Wände zu zittern aufhörten. Nach ein paar Stunden riss mich Domenico aus dem Schlaf. Er wollte mir Amsterdam zeigen. Wir machten ausgedehnte Touren die Grachten entlang, bis ich vom Rad fiel und mir die Knie blutig schlug. Domenico führte mich an Kanäle, die stanken, wir tranken Kaffee an schmierigen Tischen. Wir standen Stunden Schlange für Bilder, die sechzig Millionen Euro wert waren. Im Theater fielen mir die Augen zu vor Müdigkeit, im Kino schmerzte mein Kopf, weil es so dunkel wie am Empfang im Hotel war. Krabben und Muscheln genoss ich, bis ich mir eine Vergiftung holte. Die spezielle Architektur war mir zu ausgefallen, die Schätze in den Museen erschlugen mich. Ich nickte zu Domenicos Ausführungen und sah das Missfallen in seinen Augen, wenn sein Blick mich kurz streifte.

»Felicitas«, sagte er, »so gefällst du mir nicht.«

Mein Herz zog sich zusammen, und ich versuchte, meine Hände zu verbergen, die zu zittern begonnen hatten.

Ich glaubte ihm nicht, als er davon sprach.

»Herrgott, Felicitas, du verlangst Ehrlichkeit von mir. Es ist so: Ich habe jemanden kennengelernt.«

Mit Noren wollte er leben, nicht mehr mit mir.

»Das geht vorüber«, sagte ich, »gib dir und mir etwas Zeit. Vielleicht ist es bloß ein Abenteuer. Eines, das länger dauert, aber nicht hält.«

Er schüttelte den Kopf.

»Für immer«, rief ich, »und wie willst du das wissen?«

Er zuckte mit den Schultern.

»Und was ist mit unseren Jahren?«

Unsere Jahre waren vorbei.

»Jede einzelne Sekunde davon habe ich genossen«, sagte Domenico. Er redete von all dem Schönen, das wir zusammen erlebt hatten, davon, dass er keine Minute missen wollte. Ich schrie und weinte.

»Ich wünsche dir alles Liebe und Gute«, sagte er.

Ich schlug ihn. Ich riss seine Kleider aus dem Schrank, seinen Koffer, warf die Mappe zur Tür hinaus, die Bücher hinterher. Ich schloss mich im Badezimmer ein. Draußen blieb es ruhig, kein Klopfen und Rufen, kein »Hey, Felicitas, lass mich zu dir, bitte!«. Domenico packte seinen Koffer. Als er ging, ging ich mit. Ich wich ihm nicht von den Fersen. Er zog mit seinem Gepäck einen Nachmittag lang durch die Gassen in der Hoffnung, mich abhängen zu können. Vergeblich. Ich spürte ihn hinter jeder Ecke auf. Ich roch ihn. Wenn er ging, ging ich hinter ihm, wenn er sich in ein Kaffeehaus setzte, saß ich hinter ihm. Wenn er mit mir reden wollte, wandte ich mich ab. Als es dunkel wurde, gab er auf. Er klingelte an einer Tür, an einem schönen Haus. Ich schob meinen Fuß in die Tür, als er sie zuschlagen wollte, folgte ihm die Treppe hinauf. Oben stand Noren im Korridor und blickte auf mich herab. Sie war groß und schön. Sie zog Domenico an sich, zerrte ihn mit sich, hinein in die Wohnung. Es wurde dunkel im Korridor. Ich setzte mich auf die Treppe. Ich hörte ihre Stimme, seine Stimme, dann wurde es still. Später öffnete sie die Tür, riss den Koffer von Domenico hinein.

»Hau ab«, sagte sie, »sonst rufe ich die Polizei.«

Ich blieb sitzen. Meine Beine trugen mich nicht mehr.

»Hau ab«, sagte sie, als sie am nächsten Morgen die Tür öffnete, »Domenico kommt nicht mehr zurück.«

Ich klammerte mich am Treppengeländer fest, als ich hinunterging, langsam, Stufe für Stufe, mit zitternden Knien. Ich schlief ein wenig im Park, dann kehrte ich zurück zum schönen Haus. Ich stellte mich auf die gegenüberliegende Straßenseite und blickte zu den Fenstern hoch, hinter denen Domenico jetzt wohnte. Ich sah ihn hinter den Mauern aus Backstein auf dem Sofa sitzen und lesen, den Kopf von Noren auf seinen Schoß gebettet, seine Hand in ihren Haaren verborgen. Ich schaute ihm zu, wie er Peperoncini hackte für seine scharfe Soße, ich hörte ihn lachen, während er für Noren Spaghetti auf die Gabel drehte. Ich blieb dort stehen. Bloß nicht ins Hotel Arena zurückgehen, ins leere Zimmer mit den Schränken, in denen nur noch meine Kleider hingen. Ich war sehr müde. Ich nickte ein wenig ein und erwachte, als mich jemand schüttelte.

»Verdammt«, schrie Domenico, »hör auf mit deinem Terror! Es ist vorbei, Schluss und aus, ich will dich nie wieder hier sehen.«

»Terror«, sagte ich, »aber ich tue doch gar nichts.«

»›Aber ich tue doch gar nichts‹«, seine Stimme überschlug sich, und er schüttelte mich, dass die Zähne aufeinanderschlugen, »da ist sie wieder, deine Masche, mich mit Nichtstun zur Raserei zu bringen, du armes Opferlamm!«

Er stieß mich von sich. Seine Augen funkelten.

»Aber nicht mit mir, nicht mehr mit mir. Wenn du noch ein Mal vor unserem Haus erscheinst, bereue ich den Tag, an dem ich in deine verdammte Hotelhalle getreten bin. Wenn du uns noch ein Mal belästigst, vergesse ich alles, was je schön zwischen uns war.«

Ich hörte ihn noch in der Ferne schreien, als ich aufbrach. Ich sah kaum etwas, die Tränen versperrten mir die Sicht auf meinem Weg zurück ins Hotel Arena, ins leere Zimmer, wo von Domenico einzig die Rasierklinge liegen geblieben war.

Ich freue mich auf den Tag, an dem Domenico in die Abteilung Ideal Recycling M eingeliefert wird. Ich werde aus der Distanz zuschauen, wie Enzo ihn schnürt und am Eisen fixiert. Noch muss er sein letztes Hemd nicht hergeben, und ich lasse es zu, dass er bei Enzo eine Zigarette schnorrt. Ich freue mich auf den Schreck in seinen Augen, wenn ich dazutrete.

»Du?«, stammelt er, und die Zigarette fällt ihm aus dem Mund. Seine Lippen sind blass, die Hände zittern. Ich gebe Enzo ein Zeichen.

»Bitte nicht«, krächzt er, während die harten Enden der neunschwänzigen Katze sanft gegen seine Brust klatschen.

»Bloß zum Aufwärmen«, sage ich und lächle Enzo zu.

Wie schön sie klingt, wenn sie auf den Rücken klatscht, sie reißt Domenicos weißes Hemd auf. Es hängt in Fetzen, das feine Ding, das er sich vom Geld seiner letzten Geliebten gekauft hat. Es wird rot, erste blutige Striemen zeichnen sich ab auf seinem Rücken.

»Felicitas«, keucht er, »lass uns reden.«

»Von dir«, sage ich, »habe ich genug gehört.«

»Felicitas«, ruft er, »denk an die schönen Jahre, die wir zusammen verbrachten.«

»Schöne Jahre?«, sage ich, und Enzo zieht von Neuem auf.

Ich ernenne Domenico zu Enzos Assistenten. Arbeiten soll er statt in Ketten hängen und teuren Platz versperren. Ich sehe ihn vor mir. Schwitzend schleppt er sich hinter Enzo her, trägt Gerte, Stock und Peitsche, ein paar Fußeisen dazu. Er lernt, Gewalt anzuwenden, die er verpönt, und kehrt den Kot vom Boden, den meine Klienten hinterlassen. Er tippt Lebensbeichten vom Band, Geschichten, die nicht er erfunden hat. Hier reden andere, er darf bloß zuhören und notieren. Phantasieren verboten, Kreativität ist nicht gefragt, eigenes Denken untersagt. Andernfalls beginnt er von vorn. In meinem Reich lernt er schweigen und gehorchen. Tun, was Enzo sagt, schwere Eisen tragen, schlagen, putzen, protokollieren. Er träumt davon, wieder Fliesenleger und Bademeister zu sein, er sehnt die Zeiten herbei, in denen er als Hilfspfleger Hintern putzte und Gemüsepüree eingab. Wenn er sich beklagt, versetze ich ihn in die Abteilung Vision. Dort trinkt er Prosecco und redet groß, bis er Anita trifft und Laurine, Rosanna, Gabriela und Lisa. Sie stellen ihn zur Rede, schreien und schlagen auf ihn ein, zwingen ihn zu Boden. Sie klagen und drohen mit Vergeltung. Sie verbieten ihm den Mund. Sie quälen ihn mit Vorwürfen, halten ihm Schäden vor, die er ihnen zufügte, sie sprechen ihm ihre Geschichten ins Ohr. Sobald sie von ihm lassen, steht er auf und rennt aus der Lounge, lässt Säle mit Bildschirmen hinter sich, Fitnessräume, Großraumbüros. Er läuft zurück, so schnell er kann. Zitternd klopft er an meine Tür, mit einem Lächeln öffne ich sie: Willkommen zu Hause, Domenico.

Boss?«

Ich schrecke aus meinen Gedanken auf.

Enzo steht in der Tür.

»Ich mach dann mal Pause.«

Ich nicke.

»Im 307 will Sie einer sprechen.«

Ich winke ab. Manch einer beklagt sich bei Enzo und verlangt nach seinem Vorgesetzten.

»Du kommst sicher mit ihm klar, Enzo.«

Enzo schüttelt den Kopf.

»Der Kerl ist gefährlich.«

»Ach ja?«

»Er erinnert mich an die alte Geschichte, Sie wissen schon.«

Ich weiß, die alte Geschichte. Vor ein paar Monaten löste ein Klient seine Handfesseln, über Nacht und ganz langsam. Als Enzo am Morgen an ihm vorbeiging, legte sich plötzlich ein Strick um seinen Hals. Seither gibt es das 307, ein Kabinett, in dem Enzo Männer unterbringt, deren Willen noch zu stark ist.

»Wie heißt er?«

Enzo windet sich. »Ist nicht herauszufinden.«

Ich richte mich auf. »Was soll das heißen?«

»Er schweigt.«

»Na und«, sage ich und erhebe mich, »dann gleichst du die Namen mit den Neuzugängen ab. Einer wird übrig bleiben.«

»Leider nein.« Enzo schaut unglücklich. »Der Kerl ist nicht auf der Liste. Das hier«, er kramt in der Hosentasche, »soll ich Ihnen geben.«

An seinem Finger baumelt eine Kette mit einem Medaillon. Ich fasse danach, spüre das warme Metall in meiner Hand. Ich nicke zur Tür, bringe kein Wort über die Lippen. Enzo verschwindet. Ich setze mich. Golden glänzt die Madonna im weiten Mantel, den Kopf umrahmt vom Heiligenschein, in der Armbeuge sitzt ihr Kind. Ich ertaste die zarten Glieder der Kette, drehe und wende das Medaillon, rieche daran. Domenico. Domenico sitzt im Kabinett. Wie lange ich mich darauf gefreut habe. Und jetzt fühle ich mich nur noch schwach. Es ist seine Kette. Wieso lässt er sie mir bringen? Er blufft, besser noch: Er meint nicht mich. Er kann nicht wissen, dass ich hier bin. Enzo spricht nicht über seinen Boss. Domenico würde jedem seinen Schmuck übergeben, er besticht für seine Zwecke. Bevorzugte Behandlung will er erreichen, einmal mehr. Mein Herz rast, ich gehe ein paar

Schritte, das Medaillon baumelt an meinem Finger, schickt goldene Blitze. Die Madonna an der Kette, sein alter Trick. Meine Zunge klebt am Gaumen, die Kehle ist ausgetrocknet. Ich muss Wasser trinken. Tief einatmen, ausatmen. Mit zitternden Fingern stecke ich den Schlüssel ein, betrachte mich im Spiegel über dem Waschbecken.

»Mach's gut, Felicitas«, sagt Aurora, »denk dran, er ist gefährlich.«

Ich zucke zusammen. Lange hat sie nicht mehr mit mir gesprochen, ihre Stimme ist untergegangen im hektischen Betrieb, oder sie hat Besseres zu tun, da, wo sie jetzt ist.

»Aber nein«, sage ich, »und wer ist hier der Boss?«

Ich gehe, den Stock unter den Arm geklemmt, vorbei an nassen Leibern, die sich an Seilen winden, blassrosa und rot, Leiber mit gekrümmten Rücken und schlaffen Pobacken, runde Bäuche, welke Haut. Das Kabinett befindet sich ganz hinten. Vor der Tür bleibe ich stehen, atme tief ein, aus. Ich schließe auf, öffne die Tür einen Spalt breit. Stille. Dumpfe Luft schlägt mir entgegen, sie riecht nach Schweiß. Und nach Domenico. Ich klammere mich am Türgriff fest, meine Knie beginnen zu zittern.

»Wie schön«, sagt einer von drinnen, »ich kriege Besuch.«

Domenicos Stimme. Mein Herz rast im Hals. Die schwere Tür zum Kabinett öffnet sich langsam, als ich sie anschiebe, mit meiner Schulter, wie Blei sind die Füße. Jetzt sehe ich ihn. Er steht an der Wand, die Hände in Eisen gelegt, und schaut mir entgegen. Ich trete ein, schließe die Tür hinter mir.

»Mylady!«

Kaum Überraschung in seiner Stimme, den Schock verbirgt er gut, er ist ein begabter Schauspieler. Das verlernt man nie. Er lächelt, seine Augen sehe ich schlecht. Er trägt ein weißes Hemd und eine schwarze Hose. Enzo hat ihm die Kleider gelassen, gedankt sei ihm.

»Wie schön du aussiehst, Felicitas! Aber was soll der Stock in deiner Hand? Leg ihn weg, ich steh nicht auf Schläge, das weißt du. Mir ist nicht nach Spiel zumute, und eine Nacht hier reicht.«

Er deutet mit dem Kinn zur Pritsche, verzieht schmerzhaft das Gesicht. Seine Haare sind von silbernen Fäden durchzogen, das Gesicht braungebrannt.

»Eine hervorragende Idee, dein Business. Hier gibt es, was Manager zur Erholung brauchen: harte Pritschen statt weiche Betten, Peiniger mit Stöcken, Rotlicht dazu. Sie buchen das Package Adventure Surprise, damit sie endlich die Kontrolle verlieren, und lassen sich ein Wochenende lang so richtig überraschen. Clever, wer eine Wellnessoase wie diese erfindet.«

Von wegen Wellnessoase. Er redet, um seinen Schock zu verbergen. Ich entspanne mich etwas, lasse den Türgriff in meinem Rücken los.

»Felicitas, dein Lächeln bezaubert mich noch immer. Du amüsierst dich auf meine Kosten, aber ich gönne dir dein Vergnügen. Wir haben einigen Klärungsbedarf, nicht wahr?«

Klärungsbedarf. Soll er reden, bis ihm die Zunge in Fetzen hängt. Ich habe Zeit.

»Du machst deinen Job gut, als Gastgeberin warst du schon immer begabt. Bestimmt lässt du deinen Gästen das zukommen, was sie verdienen.«

Und wie ich das tue, aber was kümmert ihn das. Vom Arbeitsleben versteht er nichts. Ich nicke, warte.

»Bitte, Mylady«, er deutet auf die Eisen, die seine Handgelenke umfassen, »du hast mich im Griff. Aber kannst du nicht für eine halbe Stunde ein Auge zudrücken, mich losbinden, damit ich dir erzählen kann, was mich umtreibt?«

›Was mich umtreibt‹, noch immer diese Wortwahl, die mich früher beeindruckte und jetzt bloß noch anwidert. Ich zögere.

»Bitte.«

Sein Geruch, als ich die Fessel löse. Seine langen

Finger, die grünblauen Adern. Die Haut an seinen Handgelenken ist gerötet. Schnell trete ich wieder zurück. Er streckt sich, massiert die Handgelenke, setzt sich auf die Pritsche. Er zuckt leicht zusammen, als ich ihm die Kette mit dem Medaillon vor die Füße werfe.

»Der üble alte Trick, Domenico.«

Wie lange ich den Namen nicht mehr ausgesprochen habe. Tausendmal gedacht, tausendmal verbannt aus Herz und Hirn, nie mehr die Silben über die Lippen gebracht. Wie vertraut sie sind.

»Ja«, sagt er und bückt sich, streicht über Madonna und Kind, steckt sie ein.

Er blickt auf, schaut mich an. Ich wende mich ab, gehe ein paar Schritte die Wand entlang.

»Meine Zeit ist kostbar, mach vorwärts. Reden ist das Einzige, was dir hier bleibt. Wirf Argumente für dich in die Waagschale, jeder Punkt zählt. Deine Chance ist gering.«

»Danke, Mylady, für die Ermunterung. Reden ist einmal mehr meine Waffe. Wir beide wissen, dass es besser wirkt als Schweigen und Schreien, nicht wahr, Felicitas?«

Wieder unterbricht er sich, setzt von Neuem an zu seiner Geschichte, der letzten, die ich mir von ihm noch anhöre.

Das Reden lernte ich als Kind, auf den Knien meines Vaters, während sein Gurt mir auf den Hintern klatschte. Wenn ich schrie, hörten die Schläge nie mehr auf. Wenn ich schwieg, wurden sie stärker. Also redete ich. Schnell stieß ich Worte hervor, die als Erstes durchs Hirn rasten, rettende Sätze, die mir weitere Schmerzen ersparten. Es war der Sohn des Nachbarn, der auf die Idee kam, den Bach zu stauen. Giuseppe mit seinen Ideen, er zwang mich zum Mitmachen, ansonsten musste ich ihm einen Franken bezahlen. Der Schwanz der Katze fehlte wegen Karin, ich sah ihren Rock voller Haare und ihre Hände, an denen Blut klebte. Es war Moser, der ihr den Rock hob, ich sah nur zu. Die Scheibe lag bereits in Trümmern, als wir zu spielen begannen, ich wunderte mich selbst über die Nachlässigkeit des Abwarts. ›Du lügst!‹, schrie mein Vater und begann zu husten, Schleim versperrte seine Atemwege, so dass er den Gurt beiseitelegte, um sich vor dem Erstickungstod zu bewahren. Den wünschte ich ihm, während ich die rotglühenden Striemen im Badezimmer kühlte. Luca half mir dabei, mein Bruder, den ich erfunden hatte, weil mein Vater nur ein Kind zustande gebracht hatte. Er war jünger als ich und lernte nie reden. Seine Stärke war das Zuhören. Er half mir anstelle meiner Mutter, die ich aus dem Badezimmer schickte, weil ich ihre Tränen nicht sehen wollte. Abends, wenn sie sich kurz an mein Bett setzte, wandte ich mich ab, um nicht in ihre glänzenden Augen zu blicken. ›Wo war deine Mutter?‹, schrie mein Vater. Sie trank Kaffee in der Stube mit ihrer Freundin Hanna, wischte das Treppenhaus, sie war den ganzen Nachmittag zu Hause, am Bügelbrett, ich sah sie, sie löste Kreuzworträtsel, backte einen Kuchen, von dem nichts übrig blieb, ich aß Kuchen, alle meine Freunde aßen Kuchen, während wir meiner Mutter zusahen, die auf dem Sofa strickte, Socken für mich. ›Du lügst!‹, schrie mein Vater und keuchte. Meine Mutter legte Lidschatten auf und Parfüm, sie küsste mich und verschwand für ein paar Stunden. Dann kehrte sie zurück mit rosigen Wangen und Schokoriegeln und Früchten aus Gelee für mich. Schweigen ist Silber, lernte ich, Reden ist Gold.«

Domenico erhebt sich, geht vor mir auf und ab. Ich presse mich an die Wand, um die Distanz zu wahren.

»Den Mädchen gefielen meine Sprüche. Sie kicherten und tuschelten und wurden rot. Ich war klein und zierlich, meinen Haarbusch trug ich lang, um mich etwas größer zu machen, und ab und zu fragte ein Mädchen, ob es die Locken anfassen durfte. Die Jungs blickten auf mich herab und rissen mir Haarbüschel aus, die sie sich zuwarfen. Wenn ich den Mund auftat, lachten sie, und als sie merkten, dass ich nicht schrie, sondern redete, schwiegen sie verblüfft. Ich stellte ihnen Fragen, verwickelte sie in Diskussionen, legte ihnen meine Argumente dar, brachte sie zum Lachen. Ich kannte für jedes Spiel die Regel, ich wies auf Ungerechtigkeiten hin, ich redete sie in Grund und Boden, bis sie mich in Ruhe ließen. Ihre Spiele interessierten mich nicht, ihr Kampf um Ränge war mir fremd. Die Größten, Besten, Schnellsten und Stärksten brachten sich rund um mich zu Fall. Ich schaute kurz hin und dann wieder zu den Mädchen, die mir besser gefielen. Ihre Intrigen forderten mich heraus. Ich lernte intuitiv denken und falsche Fährten legen, mit einem Lächeln auf den Lippen. Ich ging gerüstet in die Welt hinaus. Als meine Mutter und ich meinen Vater begruben, brachte ich ein paar Tränen der Rührung zustande, während ich frohlockend dem Sarg hinterhersah, der langsam in der Grube versank. Ich vergaß ihn, bis die Frauen, die ich kennenlernte, alles über mich wissen wollten. Sie fragten, ob ich bereits als Baby schwarze Locken hatte, von wem ich die dunklen Augen habe, wie unsere Haustiere hießen, wie meine erste Freundin, was ich mit ihr gemacht hätte. Sie wollten Fotografien sehen, die ich nicht hatte, sie fragten nach Mutter und Vater, sie vermuteten ein Trauma, weil ich nie von ihnen sprach. Also legte ich mir Sätze zurecht, stellte Vater in ein gutes Licht, ein rechtschaffener Mann, der von seiner Gattin betrogen wurde. Die Frauen schrien auf, sahen in mir einen verwundeten Sohn, diagnostizierten latenten Hass auf Frauen, der ihnen verständlich machte, weshalb ich solch ein skrupelloses Arschloch war. Ich revidierte meine Sicht und meine Sätze. Meine Mutter war das Opfer, ich eins dazu, er ein gefühlloser Macker, der uns unterdrückte, ein Mann der alten Schule, egomanisch und gewalttätig dazu.«

»Wie einfach du es dir immer gemacht hast«, sage ich bitter.

Domenico bleibt stehen.

»Natürlich, wieso sollte ich es mir schwer machen? So war mir das Mitgefühl der Frauen sicher. Sie umsorgten mich liebevoll, verziehen mir Fehler, gaben mir noch eine Chance, meiner harten Kindheit wegen. Das ging eine Zeit lang gut, bis die Frauen nach einem schmerzhaften Prozess erkannten, dass ich keinen Schritt in die richtige Richtung machte. Ich war uneinsichtig und therapieresistent. Der Apfel war nicht weit vom Stamm gefallen. Arschloch blieb Arschloch.«

»Das kannst du laut sagen.«

Er schaut mich an, lange, aufmerksam.

»Du hast mich nie nach meiner Kindheit gefragt. Ich erzählte dir allerlei aus vergangenen Jahren, wartete darauf, dass du einhakst, nach Mutter und Vater fragst, nach glücklichen Erinnerungen und frühen Verletzungen. Aber Neugier fehlte dir. Du warst nicht an mir interessiert, du wolltest meine Tiefen nicht ausloten, die Oberfläche reichte dir, glatt und fröhlich.«

»Das stimmt nicht«, fahre ich auf, »immer wieder …«

Ich sehe sein Lächeln und halte mich zurück. Nicht reden, Felicitas, zuhören.

»Das war verletzend. Dein Schweigen reizte mich. Bis ich dir meine Geschichte an den Kopf warf, mit harten Fakten zuschlug. Wie wütend du geworden bist! Endlich! Du hast mich auf einen Stuhl gezwungen, mir von dir erzählt, wie du es noch nie getan hast, über deine Familie und Ron, der dich schlug und so anfasste, dass du beschlossen hattest, nie wieder einen Mann in dein Leben zu lassen.«

»Schweig!«, rufe ich und fasse den Stock fester, »schweig sofort.«

Domenico zieht die Augenbrauen hoch.

»Siehst du? Du hast es immer noch nicht überwunden. Wie oft habe ich dir geraten, die Vergangenheit zu vergessen, die Menschen hinter dir zu lassen, die dich verletzt haben. Es ist falsch, sie mitzuschleppen, und mit ihnen schwere, dunkle Gefühle, die sie auslösen, sobald man an sie denkt. Sie füllen einem Kopf und Herz, sie ziehen Kräfte ab, die man für den Augenblick braucht.«

Ich lasse den Stock sinken, atme tief durch. Nicht provozieren lassen, Felicitas.

»Warum verbannst du Ron nicht aus deiner Erinnerung, weshalb lässt du ihn noch immer an dich heran? Was trauerst du einem Vater nach, der sich nie um dich kümmerte? Wieso sollte einer eine Lücke hinterlassen, der nie da war? Meiner war da, und ich wünschte ihn weg. Die Väter aller Frauen, die ich kannte, waren da. Nicht zum Vorteil ihrer Töchter. Anitas Vater verteilte keine Schläge, sondern Zärtlichkeiten. Er liebte seine Tochter wie seine Frau, und als Anita es ihrer Mutter erzählte, kam sie ins Kinderheim. Gabrielas Vater las Zeitung und sprach selten mit ihr, und wenn er es tat, tadelte er sie, weil sie dick war. Lisas Vater unterstützte sie, wo es nur ging, er spornte sie an, trieb sie zu Höchstleistungen in Sport und Beruf, und als sie zusammenbrach, war er nicht mehr da. Dafür waren Kinesiologen da und Naturheilärztinnen, die ihr Gleichgewicht richteten und ihre Seele stabilisierten, bis sie steif wurde und kalt. Bei Gabriela bestimmten

Ernährungsberaterinnen, was ihr schmecken durfte, und ihr Psychoanalyst stärkte ihr Ego, bis sie unerträglich war. Anita blieb verklemmt, ihre Therapie fruchtete nicht.«

»Dafür floss ihr Geld umso freizügiger.« Ich beiße mir auf die Lippen.

»Großzügig, Felicitas, sie war großzügig. Anita Myer führte mich in Hotels mit weichen Matratzen und seidener Bettwäsche. Das ziehe ich einem Etablissement wie diesem hier noch immer vor. An den Büfetts fütterte sie mich mit Lachs und Leber und Cremeschnitten, und danach legte sie sich neben mich. Ich sah die Dellen an ihren Schenkeln, den Lippenstift auf ihren Zähnen und führte mir ihre inneren Werte vor Augen. Mit Anita Myer sah ich Orte von Amsterdam bis Zagreb, sie ließ kaum einen aus. An Anita Myer liebte ich ihren Namen. ›Herr Myer‹, sagten die Leute, ›sehr erfreut.‹

Ich fühlte mich wie ein Großgrundbesitzer aus Nebraska, der mit Korn sein Vermögen gemacht hatte, nachdem seine halb verhungerten Vorfahren Meier aus Deutschland ausgewandert waren. ›Herr Myer‹, fragten die Leute, ›was tun Sie im Leben?‹ ›Ich sammle Glas‹, sagte ich dann, und die Leute schauten erstaunt. Wer den Mut zum Fragen hatte, dem erzählte ich von Lithyalin- und Hyalithglas, böhmischem Jugendstilglas und Schwarzlotmalerei, Tiffany und der Wiener Schule. Wenn mich Anitas Blick streifte, lächelte ich ihr zu. Anita hasste es, wenn ich Leute um mich scharte, die an meinen Lippen hingen. Wenn sie mich erzählen sah, wurden ihre Augen schmal, sie nahm noch einen Gin Tonic und schluckte ihren Ärger. Auf dem Heimweg küsste ich ihre Hand und sagte ihr, dass ich sie liebe. An Anita Myer liebte ich ihre Liebe zu mir. Sie strich mir Toasts mit Butter und Honig und nähte Knöpfe an meinem Mantel fest, sie sang mir Lieder, während sie sich die Zehennägel lackierte. Sie glaubte daran, dass ein Stück von mir aufgeführt würde, eines Tages, und falls sie es nicht glaubte, verbarg sie es gut. Sie gönnte mir nur das Beste. Einzig in einem Punkt waren wir uns nicht einig: Als sie mich mit Laurine im Bett erwischte, setzte sie mich auf die Straße. Dabei wäre ich gerne noch geblieben.«

Ein gequälter Laut dringt an meine Ohren, ich bin es, die winselt. Domenico streckt mir seine Hand hin. Ich presse mich gegen die Wand.

»Komm schon, Felicitas, du kennst mich. Laurine war ein Spiel, blonde Abwechslung, Haut ohne Dellen. Achtundzwanzig Tage brauchte ich, bevor ich sie küssen durfte, und weitere zehn, bis sie unter mir lag. Sie war ein Leichtgewicht und wog Anita nicht auf. Ich stand auf der Straße und verfluchte mich. Ich saß einsam in Kaffeehäusern, meine Freiheit roch nach Langeweile. Die Frauen zwangen ihre Schenkel in zu enge Jeans und banden ihre Brüste hoch. Sie taten so, als würden sie sich für sich selbst interessieren, und warteten darauf, mich abblitzen zu lassen, fürs Erste. Ich starrte bloß müde vor mich hin, studierte die Muster der Marmortische und versuchte, das Gekicher zu überhören. Kein gutes Wort fiel mir ein, nicht ein zündender Gedanke, mit dem ich mich an die Frauen hätte wenden können. Ich tat so, als würde ich in mein Heft schreiben, und schwor mir, mich nie mehr vor die Tür setzen zu lassen.«

Ich schnaube. Domenico lacht.

»Aber ich schweife ab, wie immer, Felicitas, entschuldige mich. Reden wir von uns beiden. Meine Minuspunkte sind klar, du hieltest sie mir ausreichend vor: Ich hörte nicht zu, ich redete dauernd, ich redete nichts, ich bemerkte nie, wenn dein Kleid neu war, ich ging abends alleine weg, ich unterbrach deine Reden, ich wollte für mich allein sein, ich las zu lange, schlief zu kurz, ich gab dir meine Manuskripte nicht zum Lesen, ich war oft betrunken, ich befriedigte mich selbst, nie sah ich die frischen Blumen, ich fragte blöde, von wem du die Blumen hattest, ich verbrauchte zu viel Wäsche und wusch sie nicht selbst, ich brachte das Essen nicht rechtzeitig auf den Tisch oder vergaß es ganz, ich kaufte Rasierschaum und keine Tampons, ich wollte im Kaffeehaus sitzen statt in die Galerie mitzugehen, ich schaute anderen Frauen nach, ich fand andere Frauen schön, ich redete von anderen Frauen, die ich schön fand.«

Domenico zieht die Schultern hoch, lässt sie fallen.

»Ein hochexplosives Feld. Mit dir bewegte ich mich zwischen Minen, setzte meine Füße gekonnt und knapp daneben, und während ich den nächsten Entlastungsspruch anpeilte, schlug neben mir ein Geschoss ein, das mich so ablenkte, dass ich auf die nächstbeste Mine trat. Du schriest dann bluttriefend, das Gewehr in der Hand, mit dem du auf mich gezielt hattest, und wenn ich mir Schüsse verbat, schlugst du mir den Kolben gegen den Kopf. Falls ich zu Boden ging, detonierten weitere Minen, und so lagen wir auf dem Schlachtfeld, mit offenen Wunden, die wir uns, im besseren Fall, später leckten.«

»Armes Schwein«, sage ich, »du hast das Wichtigste vergessen.«

»Ja«, sagt er, »ich schlief mit anderen Frauen.«

Er schüttelt den Kopf.

»Ich konnte es nicht verstehen, dein Weinen und Schreien. Ich versicherte dir, dass ich dich liebte. Die anderen waren Spiel, bloßes Fleisch, sympathisch und unverbindlich. Ich zählte die Tage, bis ich sie rumkriegte, und je länger es dauerte, je mehr wuchs die Spannung. Wenn sich eine erfolgreich zierte, war sie meiner Begierde sicher, ich warb um sie und vergaß alle anderen. Ihr Fehler, wenn sie sich allzu schnell ablenken ließ von ihrem Kurs, sich nicht auf einen Schönling wie mich einzulassen. Sie verlor Punkte, sobald ich sie hatte. So ließ ich mich treiben, und du lebtest schlecht damit. Ich vertraute darauf, dass du mir glaubtest, dass du mich liebtest, ebenso wie ich dich, aber das war nicht der Fall.«

Einen Moment lang will ich mich umdrehen und fliehen vor den Worten, die mich treffen. Ich zwinge mich zu bleiben. Soll er sich ins Verderben reden.

»Deine Liebe war schwächer als ein Wort mit fünf Buchstaben. Treue verlangtest du, T-r-e-u-e schriest du. Du sprachst von Loyalität und meintest eine Fessel, mit der du mich binden wolltest.«

»Das stimmt nicht.«

Mein Aufschrei lässt ihn zusammenzucken.

»Ich verlangte bloß Ehrlichkeit.«

»Nie verschwieg ich etwas, wenn du fragtest, nie leugnete ich, dass ich gerne spielte.«

»Und was war in Sharm el Sheikh?«

Es ist das erste Mal, dass ich es anspreche. Mein Gesicht glüht.

»Sharm el Sheikh«, sagt er, »deprimierte mich.«

»Diese Version kenne ich«, sage ich, »jetzt die Wahrheit.«

»Felicitas«, sagt er, »vier Monate fette Touristinnen und lähmende Hitze waren genug. Du hast dich auf deiner Karriereleiter hochgearbeitet, während ich an Ort trat, gefangen in diesem kalten Zimmer. Du hast dich vergnügt, mich allein gelassen mit meinen quälenden Gedanken.«

Jetzt werde ich doch laut.

»Wie schön du Amsterdam dargestellt hast, und dann war es die Vorhölle. Wie geschickt du mich gelockt hast: mit dem Fahrrad die Grachten entlangfahren, durch malerische Gassen schlendern, am Wasser sitzen und Kaffee trinken, Museumsschätze sehen, spezielle Architektur, in einem feinen Hotel arbeiten, Meerestiere essen. Wie ahnungslos ich auf deinen Vorschlag einging, um dich wieder glücklich zu sehen. Wie schnell wir in Amsterdam landeten, wo du wieder bei der Geliebten warst, die in Sharm el Sheikh Urlaub gemacht hatte.«

Domenico schüttelt den Kopf, setzt sich auf die Pritsche.

»Du täuschst dich, Felicitas. Du hältst also noch immer an deiner absurden Theorie fest. Du erfindest Geschichten für Frauenzeitschriften, stellst mich in die elende Reihe von Ballspielern und Prinzessinnengatten, die ihre Frauen betrügen. Du willst mich gleichsetzen mit schwanzgesteuerten Egomanen, denen jedes Ränkespiel recht ist, um das zu kriegen, was sie wollen. Nein, Noren lernte ich erst in Amsterdam kennen.«

Noren. Wie er den Namen ausspricht. Mein Herz zieht sich zusammen.

»Aber was reden wir von Noren. Noren ist längst Geschichte.«

Wieder schüttelt er den Kopf.

»Das mit Noren war ein Irrtum.«

Das muss er jetzt sagen, würde ich auch an seiner Stelle. Er steht auf, kommt auf mich zu. Ich erschrecke. Er packt mein Handgelenk, fährt mit seinem Daumen sanft darüber. Mir stellen sich die Haare.

»Mylady, wie konntest du dir das antun?«

Ich entwinde ihm meinen Arm.

»Du warst am Ende, ja? Allein im kleinen Zimmer mit Kochnische, in dem ich nicht mehr wohnte?«

Seine Stimme ist leise und sanft. Er schüttelt den Kopf.

»Mein Mädchen. Wie konntest du nur. Das Leben ist zu schön dafür. Hörst du?«

Er packt mich am Kinn, schiebt es hoch, schaut mich an. Die dunklen Augen, die gelben kleinen Punkte. Ich drehe den Kopf weg.

»Komm zu mir zurück, Felicitas. Psst«, er legt den Finger auf meine Lippen, »ich weiß, was du sagen willst. ›Mein Leben hier ist ganz erträglich, ich habe mir eine Karriere aufgebaut, das Schicksal von Tausenden von Menschen liegt in meiner Hand, ich übernehme Verantwortung.‹ Aber du rackerst dich ab hier, Felicitas. Du lebst ohne Licht und Liebe, du lachst einmal täglich mit Enzo, deinem schwulen Gehilfen, der Freude am Quälen hat.«

Er lässt mich los, tritt einen Schritt zurück.

»Lebe lieber mit mir, Felicitas. Ich zeige dir, wie man scharfe Soßen kocht, ich lese dir vor, bis du auf meinem Schoß einschläfst. Wir leben von dem, was dein Elektroschrott hier abwirft, und verbringen vier Monate jährlich am Meer.«

Ich schüttle den Kopf. Meine Gedanken rasen, ich weiß, dass ich mich umdrehen und gehen muss, und bleibe stehen. Domenico hält etwas Glänzendes in die Höhe. Kühles Metall legt sich auf meine Brust, ich spüre seine Hände in meinem Nacken.

»Eine Leihgabe, Mylady. Meine Madonna will endlich wieder deine Haut berühren, sich ausruhen auf warmem Fleisch.«

Meine Haare stellen sich, die Hände werden klamm. Ich blicke zu ihm hoch. In seinen Augen leuchten gelbe Punkte, sie kommen näher und näher, seine Locken kitzeln mich, während sich der Türgriff in meinen Rücken bohrt.

»Nein!«

Ich reiße die Tür auf, werfe sie von außen zu, lehne mich keuchend dagegen. Ich muss mich beruhigen. Wieder Distanz finden. Ich drehe den Schlüssel zweimal und gehe mit zitternden Knien ins Büro zurück.

Boss?«

Ich zucke zusammen, lasse schnell die Kette in meine Jackentasche gleiten. Enzo steht in der Tür, in seiner Hand baumelt eine abgewetzte Mappe aus braunem Leder.

»Das hier hatte er dabei.«

Schnell nehme ich Enzo die Mappe ab, schließe die Tür hinter ihm. Die Mappe wiegt leicht. Wie vertraut mir das Schloss ist. Oft hatte ich genestelt und gezerrt daran, wenn Domenico seine Mappe kurz unbeaufsichtigt ließ. Ich war gierig darauf, seine Manuskripte zu lesen, die Notizen, die er sich auf seinen Ausflügen machte. Ich hoffte, mehr über die Zeit zu erfahren, die er nicht mit mir teilte, und fürchtete, auf Dinge zu stoßen, die er vor mir verborgen hielt. Nie gelang es mir, seine Mappe zu öffnen. Jetzt geht es ganz leicht, mit einem leisen Klicken schnappt das Schloss auf. Ich halte den Atem an, klappe die Mappe weiter auf. Etwas Schwarzes liegt darin. Ich greife hinein, fasse etwas Weiches, Warmes, ziehe daran. Es ist Koru II, der schwarze Panther, den ich Domenico schenkte, nachdem ich seinen Vorgänger zerstört hatte. Es war in einer der Nächte, in der ich auf Domenico wartete. Als er zur Tür hereinkam, warf ich ihm das schwarze Vieh an den Kopf. Monatelang hatte ich es unter dem Bett geduldet, dieses Geschenk einer Frau, und nun wollte ich alles wissen. Ich stürzte mit dem Brotmesser hinterher, stieß es in den weichen Leib, schnitt ihn in tausend Stücke, die Fetzen flogen, weiße Watte.

»Von wem«, schrie ich, »von wem hast du dieses Tier? Sag es, und wag es nicht, mich zu belügen! Lüg mich nie nie nie wieder an!«

Domenico hob die Hände.

»Von meinem Bruder, du weißt doch, Luca. Der gestorben ist.«

Ich hielt inne, mit erhobenem Messer. Sein toter Bruder. Noch nie hatte ich von ihm gehört. Ich ließ das Messer fallen, ging ins Badezimmer und schloss mich ein. Im Spiegel sah ich bloß einen hellen Flecken, ich wischte die Tränen weg, aber sie flossen weiter.

»Du glaubst ihm doch nicht etwa?«, fragte Aurora.

»Schweig«, schluchzte ich.

Blind tappte ich zur Badewanne, drehte beide Hähne auf, verschloss den Abfluss. Laut rauschte das

Wasser. Draußen stand Domenico und klopfte an die Tür.

»Felicitas«, rief er, »bitte mach auf. Felicitas. Bitte.«

Als die Tür splitterte, saß ich in der Badewanne. Domenico hatte Edi, seine größte Keramikfigur, gegen die Tür gerammt. Er stürzte zu mir, hob mich aus der Wanne und trug mich über Scherben und Splitter ins Zimmer. Im Bett deckte er mich zu und hielt mich in den Armen, bis mein Schluchzen leiser wurde. Rotz und Tränen wischte er mit seinem nassen Ärmel weg. Später standen wir auf und warfen die Fellfetzen in den Abfall, stopften das Füllmaterial hinterher, entsorgten Keramik- und Türreste, saugten Teppiche. Ich holte Splitter aus Domenicos Fußsohlen und verband die Schnitte an seinen Fingern. Wir hielten uns fest und tranken Milch mit Honig. Domenico entschuldigte sich. Ich entschuldigte mich. Seinen toten Bruder Luca erwähnte er nicht mehr, und ich wagte nicht, nach ihm zu fragen. Ich schenkte ihm einen schwarzen Panther, weicher und größer. Koru II hielt Wache über unserem Bett.

»Jetzt, wo Edi nicht mehr hier ist«, sagte Domenico und zeichnete sanfte Linien in mein Gesicht, »jemand muss dich doch beschützen, während ich schlafe.«

Außer dem Tier befindet sich nichts in der braunen Mappe. Ich streichle sein weiches Fell und sehe den kleinen Domenico vor mir. Er kühlt im Badezimmer die rotglühenden Striemen auf seinen Schenkeln. Luca hilft ihm dabei, sein Bruder, dessen Stärke das Zuhören ist.

»Luca gibt es nicht«, sagt Aurora.

»Ich weiß.«

»Sag bloß, du fällst wieder auf ihn herein.«

Ich presse das weiche Tier an meine Wange, die brennenden Augen.

»Verdammt«, sagt Aurora, »dir ist wirklich nicht zu helfen.«

Ich sinke vornüber auf den Schreibtisch. Koru II schluckt die Tränen, während mich Krämpfe schütteln. Ich weine lange. Dann wanke ich zum Waschbecken, kühle Lider und Wangen mit kaltem Wasser. Mein Gesicht im Spiegel ist aufgedunsen, die Augen rot und verschwollen. Ich taste nach der Kette in der Jackentasche. Atme tief ein und aus. Gehe eine Runde um den Schreibtisch. Dort hockt der rotzverschmierte Koru II und guckt lieb aus dunklen Plastikaugen. Ich packe ihn und werfe ihn ins Waschbecken, rubble ihn frei von Schleim und Salzwasser, reibe ihn mit dem Handtuch trocken. Schön schwarz hockt er auf dem Beckenrand, schaut mir zu, wie ich wieder nach der Kette greife, den Verschluss öffne. Ich hake ihn mit zitternden Händen ein, schaue in den Spiegel.

»Aurora?«

Ich horche in die Stille. Mir ist, sie hätte etwas gesagt.

»Aurora?«

Ich versuche den Schlüssel zu drehen. Das Schloss klemmt. Ich prüfe die Nummer, 307, sie stimmt. Richtiger Schlüssel, richtiges Kabinett. Verwirrt drücke ich die Falle. Die Tür öffnet sich, ich gebe ihr einen Stoß. Wieder der Geruch nach Domenico. Der Raum ist dunkel, ich finde den Lichtschalter, drehe ihn. Licht flackert auf. Die Pritsche mit der zerwühlten Decke, die Eisenfesseln an der Wand. Kein Domenico. Ich stürze hinaus, haste an den schwitzenden Männern vorbei.

»Enzo. Enzo!«

Meine Stimme gellt, die Männer glotzen.

»Enzo!«

Im Büro wähle ich seine Nummer.

»Wo ist der Klient von 307?«

»307, Boss? Der wurde entlassen.«

»Entlassen?« Ich kreische.

»Anweisung von oben. Ich erhielt eine E-Mail. Er sei bloß hier, um den obersten Boss zu besuchen. Deshalb war er nicht auf der Liste. Domenico Salatina heißt er übrigens.«

»Den obersten Boss besuchen?«

Ich klammere mich am Schreibtisch fest.

»Ja, Leon Loyd. Gar nicht gewusst, dass der einen Namen hat.«

Enzo kichert.

»Die beiden sind offenbar alte Freunde.«

»Leon?«, flüstere ich.

»Ja, so stand's in der E-Mail. Boss? Geht es Ihnen gut?«

Ich lege den Hörer auf. Etwas klirrt, als ich vornübersinke. Es ist das Medaillon. Es baumelt an der Kette, prallt gegen die Tischkante. Da hängt sie hilflos, die Madonna mit ihrem Kind. Ich versetze ihr einen weiteren Stoß. Schön klingt der Ton, wenn das Medaillon gegen Metall stößt, wieder und wieder. Die Madonna kriegt einen Kratzer ab, einen zweiten, dritten. So gefällt sie mir, geschunden und ihren Glanz verlierend. Ich haue sie gegen die Kante, immer heftiger. Ihre Haut ist jetzt versehrt. Ihr Mantel fühlt sich rau an, und ich freue mich über den Schmerz, während ich mit dem Finger über sie streiche.

Sandra Hughes

Zur Autorin

Sandra Hughes, 1966 geboren, wuchs in Luzern auf. Sie studierte Kunstwissenschaft an der Universität Basel, arbeitete in den Kunsthäusern Zürich und Zug und ist seit 1998 bei den Museumsdiensten Basel tätig. 2006 erschien ihr erster Roman *Lee Gustavo,* gefolgt von *Maus im Kopf* (Roman) im Jahr 2009, beide im Limmat Verlag, Zürich. Sandra Hughes lebt mit Mann und Sohn in Allschwil bei Basel. *Zimmer 307* ist ihr dritter Roman.

Zum Buch

Felicitas erhofft sich eine bessere Welt, als sie sich mit 34 umbringt, nachdem Domenico, der Geliebte, sie verlassen hat. Doch das erhoffte Paradies bleibt aus. Sie landet in einer harten Arbeitswelt, in der einzig Korbflechten und gute Gedanken der Hinterbliebenen zählen. Für beides fehlen ihr die Voraussetzungen. So packt sie ihr zweites Leben an und entdeckt sich neu: als Managerin einer von ihr geschaffenen Männerabteilung – mit einem Platz für Domenico.

Zimmer 307 handelt von einer intelligenten attraktiven Frau, die sich in die (Verführungs-)Macht eines Mannes begibt und als Gegenmittel nur Selbstzerstörung oder gewalttätige Rache – entwickelt in einer anderen Welt – sieht.